文學的經典・永遠的黃書背

寫在聯合文學・經典版之前

走過四分之一世紀，華文世界最重要的文學資產。

聯合文學的黃書背，儼然光榮的標誌！

不僅爲文學之經典，更開啓跨世代的閱讀視野。

此次精選珠玉中的珠玉，瀏亮新裝、隆重再版，

開創下一輪文學不凡盛世。

逆旅

◉郝譽翔／著

文學的經典・永遠的黃書背
聯合文叢 500

逆旅

聯合文學・經典版系列

目次

（經典版序）純真年代

郝譽翔

一九九一年夏天，我陪父親回山東老家，青島酷熱高溫，逼近四十度。

那一趟炎夏之旅，便是這本《逆旅》的由來。

但雖然說是我「陪」父親，其實不是，他自己一人獨來獨往慣了，根本不需要人陪，而是我自告奮勇要跟。那時，距離一九八七年解嚴開放探親，也才不過四年而已，蒙在大陸上的神秘面紗尚未褪去，兩岸之間的隔閡與隔絕，實非今日所能想像。當我知道父親要回老家，便一直嚷著要跟，那眞的如同書中所寫，是抱著參加暑期戰鬥營的好奇心態返鄉。然而回去了，才曉得原來不是這麼一回事。原初的追尋新奇刺激，到後來，卻變成了說不出的驚詫、愕然和悵惘，在歷經了這趟啓蒙之旅後，我這才知道，歷史太大，而個人太小，開始敬畏於生命的厚度與重量。

當然，我也得要感謝我的父親。我跟著他，果然成了多餘的累贅，在開放之初，他已回過老家一趟，而這一次，他早就另有圖謀，我後來才恍然大悟。於是回老家住沒兩天，父親便藉口說要辦事，便上青島去了，只留下我獨自面對一屋子陌生的親戚，而他們說的山東土話，我幾乎一個字都聽不懂。

他這一走就是十多天，音訊全無。我們老家在平度縣官庄鄉南坦坡村，從村子裡得要騎上半個小時的腳踏車，才能到官庄鄉，然後坐公車到平度縣城，再轉搭長途客運到青島，清晨天還沒有亮就出門，直到傍晚才能抵達目的地。就在這樣一個偏遠到彷彿與世隔絕的農村，小小的，只有幾十户，我獨自住了近乎整個夏天。所以，我至今始終都還不能忘懷那一片遼闊的黃土地、高粱青紗帳、筆直的白楊樹，以及老家親戚們的臉孔。我忘不了我的姑姑，她年輕時是村中數一數二的大美人，後來生了八個孩子，還身披英雄母親的綵帶，接受共產黨表揚。我也忘不了我的姑丈，他的皺紋深深鐫刻在額頭上，活像是從張藝謀《紅高粱》裡走出來的人物。還有我的表姊和表哥們，以及我的小表妹小英，那時的她還不到二十歲，從未出過農村，後來卻陪我遊遍了整個山東，成爲村子裡閱歷最豐富的人。據說，在後來的好幾年中，她都還有滿肚子的旅遊故事可對村子裡的人講。她眞正成了班傑明所謂的「說故事的人」。

然而我們結伴旅行時，我表妹卻不總是愉快的，她經常埋怨怎麼不管走到哪裡，都是在看廟？上餐館吃飯，也不如回家坐在板凳上，吃發黃的饃饃再配一碟韭菜來得自在。她的生命在老家的黃土地上長了根。透過她，我也彷彿看到了命運的另一種可能，假如在一九四九那年，我的父親沒有離開山東，那麼，我可能就是她了——在鄉下長大，熬過幾次饑荒，小學沒能讀完就輟學，平日的工作是種田，後來村子附近設了工廠，就偶爾跑去打打零工，但也是有一搭、沒一搭的，因爲那工廠始終處在一種岌岌可危的狀態；而在白日閒暇時，或許也會幻想起一段美麗的愛情，但心中卻很清楚，最後的結局就是嫁給隔壁村年齡相近的男孩，必定也是種田的——在一望無際的高粱環抱之下，一個年輕女孩的選擇不會太多。

命運來到這裡，便有了分岔的可能。如果如果，久而久之，我居然也覺得自己就是她了，每天吃饃饃，睡在炕上，我還特別喜愛老家饃饃帶著一股酸勁的滋味。然而唯一和她們不一樣的，足以清楚標誌我的外來身分的，竟是洗澡這一回事。農村沒有廁所，也沒有浴室，表哥表嫂把自己的房間讓給我睡，當我第一次提出洗澡的要求時，他們面面相覷，支吾了老半天。

「這個嘛，洗澡……」表嫂呢喃著。

看她疑惑的表情，似乎是一件距離生活非常遙遠的事。表哥表嫂跑到屋外，兩人嘰嘰咕咕商量好久，才終於拿著一個臉盆和紅色的熱水瓶，放在房間的泥土地上。我把房門關好，把熱水倒進盆裡，一縷白色的熱氣裊裊升起，飄散入黑夜，而房中只有天花板垂下來一盞小小的黃色燈泡，光線黯淡，我連手中拿的是沐浴乳、還是洗髮精都搞不清楚，就著那一點少得可憐的水，我不僅洗了澡，還一併洗了頭髮。

我每天都要洗頭洗澡，成了村子裡的新聞。後來，我才知道，那水竟是從支部書記家買來的，一瓶一毛錢。全村只有支部書記家才有專門燒水的鍋爐，想要熱水，就得上那兒去買。但村民買水是爲了泡茶，只有我是爲了要洗澡，這讓支部書記的女兒很驚訝。她的年紀和我一般大，每當到了晚上七、八點，眼看著，又該是我洗澡的時間到了，她就會跑到我家門前，問我：「今天洗澡不？」然後她便興沖沖地跑回家，幫我打水過來，等我洗完澡，走出房門，她還等在院子裡，就是想看我會不會換了一個模樣？

老家的村子很小，雞犬相聞，是一個沒有隱私的地方。我的衣服和姑姑、表妹、表嫂的全晾在一塊兒，曬在院子裡的一條細繩上。我的明顯和她們的不一樣。村裡的女人經常聚在我的內衣褲底下，一邊研究撫摸，一邊讚歎起來說：「台灣的果然是又漂亮，質料又好。」

後來，姑姑告訴我，附近的工廠設有洗澡間，每星期三傍晚開放一次。姑姑太老了，不想洗，要表妹帶我去，村子裡其他女孩知道了，也嚷著要跟，一群人便組成了自行車隊，從村子浩浩蕩蕩出發，騎到工廠至少也要花半個小時以上。我們騎過黃昏的田埂，兩旁都是一望無際的綠色田地，涼風嘩啦啦的掀起裙子，就像一朵朵盛開的花。工廠門口聚著一些人在抽菸，看到我們就笑，說：「那個台灣人又來洗澡了。」

那是一間開放式的大澡堂，沒有燈，在黃昏幽暗的光線中，女孩們摸索著脫下衣服，赤條條站在一排蓮蓬頭的水柱下。我們這才發覺，原來不管是台灣、或是大陸，是農民、還是支部書記的女兒，其實長得也沒有什麼兩樣。大家都發出了吃吃的笑，那笑聲混合著水聲，引起驚人的嗡嗡迴響。等洗完了澡，我們一群人又整裝待發，騎車穿過工廠的大門，穿過紅色的落日和長長的田埂，等回到村子時，雙腳早已沾滿了路上揚起的沙，好像剛才全都白洗了一場。

如今回想起來，這些畫面都還歷歷在目，但屈指算算，距離我上次回大陸山東老家，也已經悠悠二十年過去了哪，我再也不曾回去。父親逝世之後，我更是從此斷了與老家的聯繫，然而，在這一段期間中，卻也正是大陸農村面臨翻天覆地改變的時刻。聽說，沿海農村的人全都跑光了，跑到城市裡去打工。所以每當我行走在上海、或是北京時，看到蹲踞在紅磚道兩旁的民工，我都不禁想起老家的表哥和表嫂們，他們現在到底是在哪裡呢？是否也正徘徊在一座陌生城市的街頭？

但在二十年前，據我所知，離鄉打工的念頭卻從來沒有來到他們的腦海中。我回去那一年，村子裡正逢乾旱，農民又買到假農藥，一年種地的辛苦全都付諸於流水。我原本以爲，我會如同詩歌中所描寫的，在老家看到一派悠然閒適的田園之樂，但沒有，一點也沒有，天災和人禍是農民的宿命，現實面的殘酷簡直令人不忍逼視，尤其是在資訊封閉的鄉下。對於我的表哥和表嫂而言，除了眼前這一塊乾枯的田地，和小小的村子之外，他們最遠的腳步就是到平度縣城，肚子餓了，便買兩根油條，站在路邊啃完就是，除此之外，他們哪裡也去不了。青島，遙遠得就像是外國一樣，他們連想都不敢去想。

我回老家的一個多月中，村子裡就發生三次喝農藥自殺的事件。一對夫妻爲了五十塊人民幣，大吵一架，結果妻子喝了農藥，命是救回來了，但醫藥費卻花了一千多塊。「眞傻。」姑姑嘖嘖地說。但除了發傻之外，對於困窘的現實，村民們也拿不出其他的辦法。

田地既無可指望，他們只好到村子附近的工廠去打工。如今回想起來，那很可能就是大陸老百姓由農轉工的濫觴。支部書記的女兒在工廠當秘書，我和表妹去找她玩耍，看她端端正正地坐在一張桌子前面，有模有樣，但其實什麼事情都沒有。那間工廠空空蕩蕩的，看不見什麼工人，而下午時分的太陽，斜斜照進廠房，油然生出一股死寂和蕭條。

「工廠賠錢，發不出薪水。」支部書記的女兒一邊修指甲，一邊嘆氣，埋怨說上級主管發了個命令，要每個員工捐獻兩百塊，好幫助工廠度過難關。

我聽了很稀奇，居然有這種事？沒薪水可領還要倒貼錢，那幹麼來上班？但後來，我才發覺這一點也不稀奇。村子裡的男人白天種地，到了晚上八點，他們就會提著一盞盞燈籠，挨家挨户去敲門，召喚著大家到另一家更遠些的工廠去上夜班。他們同樣是半年沒有拿到工資了，但卻還是照常上工，因爲只要去，就有一絲領到錢的希望。

每天晚上，當咚咚咚的敲門聲一響，我就看見表哥窸窸窣窣穿上襯衫，跟著其他的男人出門，一長串的燈籠，便逐漸消失在黑夜籠罩的大地上。等到第二天早上，表哥回來時，一雙眼睛都是紅的，補眠一下，他又得趕緊爬起床種田。我搖搖頭說，這樣實在太辛苦了，還不如離開農村，去城裡打工吧。我還很認眞的幫表妹想生計，建議她去青島的路邊擺個攤子，賣涼水。他們聽了，卻淨是一臉無奈的笑，說他們沒有城市的户籍，根本就去不了，所以我說的，盡是一些不切實際的餿主意。

但如今他們卻眞的全跑到城市去了。

城市果然有那麼好嗎？我這才知道自己當年有多麼的天眞，以爲城市就是一個流著奶與蜜的天堂。於是再回過頭來看這本《逆旅》，悵惘之餘，還有更多的感慨與眷戀，我彷彿又看到了二十歲出頭的自己，背著小小的行囊，遊走在那片大地之上，卻渾然不知自己正站在一個時間的轉捩點上，而那不但是我個人生命旅程的轉捩點，更是一個大歷史的轉捩點——從此以後，中國的農村，便無可抵擋地被捲入商業化與現代化的浪潮，於是那樣純眞的年代的我，以及大陸，都儼然不再存在了，只能於此書的文字中去尋找。

（序）關於小說這一回事

主啊！是時候了。夏日曾經很盛大。
把你的陰影落在日規上，
讓秋風刮過田野。
讓最後的果實長得豐滿，
再給它們兩天南方的氣候，
迫使它們成熟，
把最後的甘甜釀入濃酒。
誰這時沒有房屋，就不必建築，

舒[illegible]卿

誰這時孤獨，就永遠孤獨，
就醒著，讀著，寫著長信，
在林蔭道上來回
不安地遊蕩，當著落葉紛飛。

——里爾克〈秋日〉

1 1 觸摸

經常被人問起，關於小說這一回事。而我則回答：為人生尋求解釋。就像安東尼奧尼在〈事象地平線〉文中所描述一場飛機墜毀的意外：

死者、死者的殘骸和血肉已難再復原。可是靠海的草原邊緣有兩根手指，那手指連在一隻手上，一隻整潔得古怪的男性的手，抓著一支小小的白色塑膠咖啡匙。手指稍曲，抓湯匙的手向下就像往常攪拌的姿勢。下面放杯子的地方，有塊血漬，彷彿在這種情況下，攪拌血液遠比攪拌咖啡來得有道理。就是這個邏輯，無聊至極，使得這個組合可怕嚇人。

一隻握住咖啡匙的已經沒有生命跡象的手，卻彷彿還想要述說些什麼。這一足以震懾所有識與不識的人，又無人可以解釋的畫面，正緩緩裂開了一張抽象的嘴，從靜謐的草原朝我們發出巨大且空洞的聲響。其實，不只在一場飛機失事的意外，在人生中，如此沉默而又咆哮的畫面幾乎無所不在，它們總是安安靜靜地存在著，如長年縈繞山頭的雲靄，有的人終生視而不見；但若是見到它們的人，無不感到驚懼可怖，震耳欲聾，然後不得不被迫喚起想像，努力以文字去撩撥它、驅散它、穿透它、抵抗它。就像是駕駛飛機穿越過濃密的雲層，機身劇烈的顫抖著，緊繃住你的每條神經，但是不到最後一刻，就不能夠見識到什麼叫做天空的藍，狀似柔軟的雲所蘊藏的強大韌力，以及與之衝搏時你的體內所湧漲出來的快感。

那快感尚且停留在你的指端。然後你鬆開指掌，終於抵達神秘的無言的極致，那安東尼奧尼稱之為的「事象地平線」，你忍不住伸出雙手想要去觸摸它。在那裡是事物的極限，永恆的歇腳處，奧秘的淵源，是所有地平線中的地平線，在那兒已經沒有其他事件了。再也沒有任何事件。

1
2

起初

對我而言，寫作是觸摸「事象地平線」的唯一方式。

安東尼奧尼曾經問道：「如果人得以超越他所能了解的，那天空的目的地是什麼呢？」這或許就是我特別喜歡登高、出海或是飛翔的原因，當距離原點越來越遠，我將大拇指和食指比在眼前，合攏起來輕易掐住地平線，就在那一刻，我與天空同等高度，以神的視角將世界向我拉近，或是輕易地將其歪曲扭轉。不過，文字的高速，恐怕還更遠甚於任何先進的船艇或是飛機。在這裡請容許我必須反覆囉唆的形容書寫文字的感受：那彷彿是在奮力攀爬一片光滑的峭壁，頭向上仰，只見白花花的陽光，失重在一瞬間，不知不覺便被吸納到無限的光中。

寫作是登高，是出海，是飛翔，它們統合起來，便是我生命的基本姿勢。在出發航行前，我慣常選擇由一個靜默無聲的畫面啓程，就好比是安東尼奧尼所描述的那隻握著咖啡匙的斷手，若以專業的術語來說，則是那些被稱之爲「意象」或是「隱喻」之類的東西，它們有可能是宇宙中的山川河海，也有可能是一張長滿皺紋的老人的臉孔，垃圾堆中骨瘦如柴的貓，海邊廢棄的橡皮輪胎，十字路口舔著冰淇淋的女孩，甚至一根黏在口香糖上的不起眼的頭髮。我由此啓程，虛構未知的故事，如同一一鋪設火車軌道上前行的枕木，遂成爲我以之理解、進入這個世界，甚而與這世界發生關聯的唯一方式。

然而我並非被廣袤的世界所吞沒，詮釋的權力終究是在我的手中，我因此掌握住地平線的終點，並且成爲世上獨一無二的王，或者更準確的說，是主。

〈創世記〉是這樣敘述的：起初，神創造天地。地是空虛混沌，淵面黑暗；神的靈運行水面上。神說：「要有光。」於是就有了光。

00 刺痛

寫作給予我的莫大樂趣就是「專斷獨裁」四個字：一種觀看生命的自由姿態。當主體透過文字去選取觀看的角度時，我始終相信這過程是被羅蘭・巴特論攝影時所說的「刺點」（punctum）激發，左右，以及運作。關於「刺點」，透過理論的推演分析，還不如直截的去感受，因此羅蘭・巴特一連運用了三個非常生動的動詞來描述：「刺痛我」、「謀刺我」、「刺殺我」。那究竟是什麼東西呢？

舉例來說，一隻抓著咖啡茶匙的男人的手，對安東尼奧尼來說是一個足以「刺痛」他的「刺點」，是促使他啓動攝影機的開端；那麼，就讓我們回歸到這篇序言的正題吧，什麼才是啓動我寫作這本小說的「刺點」呢？應該就是如下的一個畫面吧：地點是在一間採取吃到飽經營策略的廉價餐廳，時間是在中午人潮洶湧的十二點半，一個老人和三個女人坐在一起，女人的年紀看起來像是他的女兒們，其中的一個手裡還抱著蠢蠢欲動的兩歲孩子，這時，老人忽然放聲大哭起來，女兒們有的筷子還來不及放下，就僵在半空中，而孩子繼續咿咿呀呀的趴在圓桌上面，把玩一塊裹滿血紅色醬汁的糖醋排骨。

這樣的一個畫面始終令我耿耿於懷。於是我寫了一篇文章，來處理這個日夜不斷「刺痛我」、「謀刺我」、「刺殺我」的「刺點」。這篇文章的題目是「父親」，現在我願意把整篇文章放在這裡。

星期三上午十點十五分，飛機開始在跑道上高速滑行，機翼嘩嘩撕裂空氣，然後拉高，往堆垛厚重白雲的空中衝去，消失。近五十年了，父親終於得以離開這方島嶼，逃脫這一場上帝的惡作劇，一場失去秩序的夢境。「我是應該回去了。」父親如是說。

我沒有去機場送他，因爲早上有課，但無非只是一個良好的藉口。從教室出來，我坐入車上的駕駛座，連續講課兩個小時後的疲倦沉沉拖住身軀，我呆呆地坐在車中，沒有發動車子，瞪視著前方的玻璃外凝住不動的藍空與白雲，許久許久。車上的時鐘一分一秒地跳過，提醒著父親已經距離台灣越來越遠。我這才想起，似乎已經許久沒有見到他了。但繼而轉念一想，不過是上個禮拜天的事，我去他住的地方找他，與他共同吃了中飯，算是告別。那是一家老舊的山東餃子館，是父親向來執著的家鄉口味，我們就坐在二樓靠牆的小圓桌，一隻指甲大小黑色的蟲子沿著桌緣攀行，小心翼翼地伸出腳來，爬過污黃牆壁的罅隙。而我很少抬起頭來看父親，以致今天回想起來，一切都是那樣模糊，彷彿不過是經常出現在夢中的場景，就連我們的對話都是那樣的不切實際。

「最近天氣越來越涼了——吃個餃子吧，這是豬肉的，這是素餡的，都挺不錯的，要不要來點湯——。」話語虛浮地晃在半空中，沒有因果邏輯的，而語言底下的情緒卻被壓擠成石磚，哽得人失去胃口，卻又不知所云。

這些年來，吃飯已經變成我們會面的例行公事，面對一道道輪番上來的菜餚，總可引出話題，不傷感情的，以免雙方坐著窘得發愣。我們總是努力地節制自己，連問候都點到爲止，深恐觸碰到雙方的禁忌或是痛處。唯有一次，父親竟破例在飯桌上不可抑止地哭泣起來，而我們在驚惶失措之餘，都以爲父親是得了絕症，或索性要提早結束這一段風燭殘年。但是現在回想起來，才知道原來在那個時候，他就已經決定要以另外一種方式，永遠走出我們的生命。

那是近半年前的事，與大姊、三姊一起和父親吃飯。三姊的小兒子穿著一身白棉袍，趴在桌上抓取食物，手指染了醬滿是紅膩的油光，嘴中咿呀叫個不休，這一個蠢蠢不安的充滿活力的小生命。然而父親對小孩的吵鬧卻置若罔聞，他清清喉嚨，開始說：「這些年來我們大家很難得聚在一起，以後也沒有機會了。有些話我藏了幾十年，今天告訴你們，算是了了我的一樁心願。你們從小跟著媽媽長大，難免對我有誤會，我以前不說，怕影響你們，但是我今天不說，你們就永遠也不會了解……。」說到這裡父親幾乎哭了出來。我和姊姊驚訝地對看一眼，沒想到會出現這不尋常的場面。

父親開始說起他一生的歷史，從民國三十八年，在中學校長的率領之下自山東一路南逃，渡海到澎湖，本來要被送回戰場，在不依就槍斃的脅迫之下，他只好變造身分證，輾轉逃來台灣，兩年後，他入左營海軍當軍醫，娶妻生子，卻不幸妻、子陸續病亡，那時他人在金門，束手無策。於是心灰意冷多年之後，四十歲才又娶了母親，沒想到這一段短命的婚姻在三年內迅速宣告結束，他把我們交給了母親，自己就在島嶼上四處飄泊遷移，談過無數次沒有結果的感情，直到如今七十歲，孑然一身，不曾置過任何不動產。

然後父親掏出了當年的離婚協議書，民國五十九年的紙張，母親的墨水字跡褪色發黃，父親將它遞給了我，憤紅的臉已然淚如雨下，鼻子抽搐著，叨叨訴說起他們離婚的經過。我低頭捧著那張脆弱的薄紙，聽到父親說著一段又一段我全然不知的情事，那是來自多麼遙遠的年代，我搖搖擺擺學走路學說話的年紀。然而，眞正令我震驚而不能言語的，不是其中的是非對錯或「眞相」，而是父親說起這段將近三十年前的往事時，竟然還如此大聲地哭泣出來，完全失去了控制，就在一間人來人往的熙攘餐廳裡。

兩個星期以前，母親忽然告訴我，父親透過仲介，在南京相中一位三十九歲的女子，並且買了一棟公寓，只等台灣方面的手續辦好，就要馬上飛去大陸與那女子成婚。我沒有說什麼，而母親卻還在絮叨他那一丁點兒積蓄一定會被騙光的，大陸人怎麼可靠？

「他本來也就是大陸人嘿。」我忍不住說。於是母親沉默了，坐在客廳的沙發中，雙手攏在袖子裡取暖。

我開始想像父親踏上大陸的土地，面對久違的故鄉同胞和年輕妻子時，是否也會生澀地微笑起來，就像是個中學的孩子？他將睜著雙歷經飽滿睡眠的清澈眼睛，手中小小的提箱塞著簡單的衣褲，一如當年離開的時候一樣。只是這一段四十多年的異鄉夢魘也實在太久太長了，遠在島嶼上的我們，對他而言，將只不過變成一段煙消雲散的傳奇故事，是蒼老的尤里西斯的回憶——在遙遠遙遠的從前，有一個島上……一段錯誤的聚合，背負了一生的怨恨。前方教室中走出來三個學生，抱著書本嬉笑著，迎著陽光漫步，我忽然想到少年時候的父親，夾雜在近萬名的中學生當中，從青島搭乘火車，一路流離南下，倉皇經過無數的村莊。「當年怎麼想得到，一離開就是幾十年，回不去了，回不去了。」青春就這樣過去了。

父親低著頭在哭泣，鬢邊的白髮被他的指頭撥亂。我知道他說的回不去不是故鄉，而是時光。

2 1 我在

在上述的畫面中，我到底「在」或「不在」？其實是根本不值得討論的問題。當這個畫面成為「刺點」的時候，那麼，我就已經跳脫在外而以一個全知全能的角度在窺看，扮演一個冷靜開放的旁觀者，一個保持緘默的傾聽者，一個零度的寫作者。

於是在這一人聲雜沓、杯盤互相鏗鏘敲撞的餐廳裡，有人在大笑，交換八卦，侍者在吼叫，小孩在奔跑，我卻彷彿可以奇異地聽見自己體內血液流動的聲音，空氣分子有秩序的飅颼通過我的氣管與肺囊。一霎時，恍然置身在一間黑暗的電影院中，前方銀幕投射出來的光影正錯落著巨大的歡喜悲傷，然而我默默地坐在位子上，右手握著可樂，左手捧著爆米花。我默默地注視著你：一個頭髮花白的哭泣的老人，坐在一間喧鬧嬉笑的餐廳裡，矛盾而不和諧的畫面正陰鷙地諷刺著這個荒謬的人生，正不分日夜地「刺痛我」、「謀刺我」、「刺殺我」，總使我不禁想要發出劇烈的笑。

生命仍然在滔滔不絕的訴說。我心傷悲，莫知我哀。我心傷悲，莫知我哀。

在《歐洲特快車》的結尾處，拉斯馮提爾吐出催眠般的魔咒：「這輛火車正在下沉，你將會淹死。我數到十你就淹死了。一。二。三。四。五。六。七。八。九。十。」是的，我心裡安靜地數著，從現在開始一直到十，你的哭泣就會停止了，而這間餐廳裡將會有人繼續大笑，侍者會繼續吼叫，小孩繼續奔跑。但當我數到十的時候，你就不會再哭泣了。一。二。三。四。五。六。七。八。九。十……

2-2 旅行於一座幽靈城市

小說是我的催眠魔咒。

藉由寫作我爬升到命運的高度，與人的存在互相對立，我以我眼觀照這個世界：我在，我觀看，所以我創造意義，而這世界也唯有通過我眼與我文字才得以顯現。那是一座幽靈盤踞的城市，隨著歷史而生而逝的事件層層堆積，傾埋成沙礫土丘，死者們的魂魄尚且不甘心的遊蕩在文明的廢墟之中，而我以書寫穿越過現實的假面，去追索他們的腳步。因此現實絕非肉眼可見到的清晰固定，它乃是一曖昧渾沌的動態。當「刺點」開始驅策我去尋找一條事象的地平線時，那盡頭流動閃耀，到底是在哪裡？

如今我所寫下的文字無他，其實不過在解釋這樣的一幅畫面而已，解釋畫面底下所蘊藏的奧秘，而我把眞相迂返剝露出來，所謂眞相永遠都是複數的：一個經由我虛構而誕生的「眞實」。

這些文字彷彿是我親手打造出來的一座幽靈城市，但我卻還不知道裡面到底藏了些什麼？我站在城市的入口處忐忑觀望，然後坐在電腦桌前，以敲打文字開始這一趟冒險旅行。我將會走到哪裡去呢？我將會遇見些什麼？我都一無所知，任憑自己墜落在陰暗無邊的黑洞裡。盧卡奇《小說理論》便曾以「深淵」去比喻：靈魂並不知道在它自身中有任何的深淵，然而深淵會引誘它掉進去，或是鼓勵它去發現沒有道路的高地；當那統治世界並且分發命運的神明，祂的不公不義尚未被人類所理解的時候，這黑暗的幽靈世界充滿了巨大的誘惑力。

靈魂總是嚮往冒險。

世界的瓦解和無能，正是藝術存在並變得有意義的先決條件。於是我走進幽靈四處遊蕩的城市迷宮中，試圖尋找出口，撥開瓦礫，建造街道，繪製地圖，並且努力用十指鑿開一道引導光芒的縫隙。

3 1 抒情時代

那統一而和諧的希臘黃金時代已經一去不返了，我們勢必要因無家可歸的靈魂而受苦。因此小說無非就是透過某個形式，給予這座廢墟一種秩序，以為他們立下安息的墓碑，以之安定流浪的魂魄。正如卡夫卡所說：「人們為事物拍照是為了將其趕出心中，而我的故事則是一種閉眼的方式。」

當然，我們也願意承認：沒有發現存在中一份未知的小說是不道德的——認識是小說唯一的道德。可是白晝的光，如何能夠了解夜晚黑暗的深度？比起宇宙的複雜度來，我們這個世界簡直像蚯蚓的腦漿一樣。因此當我在書寫這本小說，發現自己在做的竟是一件最愚蠢的工作時，不免就感到深深的悲哀起來了。

我是一面忍耐著自己的愚蠢，一面艱難地完成這本書的。書中所描述的一切，可以說和現實一點關係也沒有，它們只會徒然暴露出我的自以為是：以為人生的眞相就是如此如此，正因為如此如此，所以如此如此。可是我越寫才越了解到書寫的無力與不可能，這本小說的散漫結構，正是我找不到合適（或更貼切的說，是理直氣壯）的敘述語調的一個明證。將它們各自分別看待時，或許是微弱而心虛的；但是這種形式的組合，卻也在相當程度上代表我所渴望製造出的複調音樂，它們相互對位輪唱交響，以打破一種專制獨裁的發聲方式。

昆德拉以為：小說是建立在若干個基本的詞之上，譬如《笑忘書》中詞的序列是：笑、遺忘、天使、曲言；而《生命中不能承受之輕》則建立在：重、輕、靈魂、肉體、大進軍、大糞、同情、媚俗、暈眩、力量、軟弱。那麼，我以為這本小說可能是建立在以下的幾個詞彙之上：同情、宿命、青春、時間、道德、背叛、自虐。我多麼希望可以通過小說，把這些迷人的東西再說得更清楚一些，以一種虛實相生的分裂辨證方式。

但是我終究不能。唯一可差告慰的是，在這些文字底下所含藏的情感，它們確然是誠懇而眞實的，那是一種或可稱之為「抒情時代」的、即將消失不見的產物。

取名 1

我一直以自己的名字自豪，這不僅因爲它是獨一無二的，迄今尚未發現任何與我同姓名的人，更重要的是，這個名字乃經由我自己親筆點選，就在我九歲的那一年。

九歲以前，我的名字是極爲難寫的兩個字，「蘊懿」，初入小學開始學寫自己的名字，這麼多的筆畫塞在作業簿的小方格中，往往變成兩團墨黑，對於一個剛會拿筆的孩子而言，這顯然是太過嚴苛的負荷。不過，也拜這兩個難字之賜，每次早自習時間我遲到、講話或是偷吃東西，風紀股長都拿我無可奈何，因爲他不知道怎麼登記我的名字。

「蘊懿」這兩個字不但難寫更難念，我那群可愛的小學同學們有一大半掉了門牙，還來不及長出來，連我自己也不例外，於是「硬硬」是最常聽見同學對我的稱呼，久而久之，便成了我的綽號。放學時班上男生經常擠在隊伍中，一起朝我連名帶姓大喊，「頭硬硬」，然後惡意地跑過來朝我的腦袋瓜上狠狠敲一記。而我姊姊受到我名字的牽連，竟變成了「頭軟軟」，雖然這個綽號與她自小剽悍的性格完全不相稱。

這一個父母賜予我的名字彷彿捆滿了糾結的痲線，回憶起童年，除了沉默、憂鬱、多病、瘦弱之外，別無所有，正符合這個名字所勾勒出來的一切意象。幸好在我九歲那年，母親因為動手術住院，在一個待產孕婦那兒發現姓名學這樣的書籍，她馬上買來一本躺在病床上仔細研究。書中在我的名字筆畫底下寫著：「主剋父母，畢生辛勞，憂悶成疾，家無恆產。」母親皺著眉頭拿給我看，而九歲的我從此看見了自己那注定多難的將來。

不過，命運當然是可以改變的，個性果決的母親在出院之後，馬上根據姓名學的筆畫、天格、地格、人格，以及金木水火土等法則，挑選了數十個吉祥名字的組合，她將成堆的字眼捧到我面前，讓我自己挑選，而我一眼就選中了「翔」。如今回想起這一段，彷彿是唯一能夠證明我的早慧，竟然沒有去挑選一個美、玲、香、霞、雪之類的字眼，所以每次我將自己的名字展示給別人看時，總不免帶著幾分炫耀的意味。

姓名學是我最早認識的字典。從那裡我才知道原來每個字都指向一個宿命。「聰明過人，富貴無憂」是我新名字的意義，我似乎因此獲得新生。可是那個憂鬱、哀愁的「郝蘊懿」到哪裡去了呢?她一直停留在九歲的頑皮年紀，幾十年過去了，卻還常常突如其來的跳進我的身體，扭曲我的四肢，撕裂我的五官，就是想要把郝譽翔趕出去。

取名 2

長大以後才知道，原來替自己取名是我們家族的傳統，譬如說我的母親和父親。

我的母親生於民國二十八年，在她進小學那年，日本戰敗，國民政府接管台灣。入學第一天，外省籍老師命令每個學生站起來報告姓名，不准再使用日本名字，好徹底矯正台灣人的奴化思想。母親坐在椅子上心想，這下可糟了，她只知道自己叫做敏子，妹妹叫做秋子，「子」字顯然犯了大忌，非去掉不可。眼看小朋友一個個起立，就快要輪到她了，沒有名字如何是好？她靈機一動，把敏和秋兩個字合在一起，敏秋不好念，乾脆倒過來，變成了秋敏。

回家之後，她得意洋洋宣布自己的新名字，不識字的外公外婆聽了讚不絕口，都誇獎她是個聰明的孩子。於是她的妹妹也就是我的阿姨，索性跟隨她取的名字而改叫秋花。

因爲名字有個「敏」字，所以母親天生心思複雜，如果身爲男性的話，她必定會成爲王永慶者流的人物，可惜她一輩子只窩在小學教書，把她靈敏的頭腦全浪費在小學生和幾個不成材的女兒上。不過，「敏」字也含有過敏的意思，所以母親一沾到酒嘴唇就會腫起來，吃海鮮手臂會冒出蕁痲疹，而天氣一變化便噴嚏狂打不止。相形之下，她的秋花妹妹果然人如其名，一生要燦爛美麗許多。

母親的決快，從她六歲那年自己取名便可以看出。用語言學的概念來說，名字本就是武斷的符號，即便如此，母親也要自己掌握住這份武斷的權力，拒絕接受別人的宰制。她唯一失敗之處，就是取了一個太過平常的名字。有一次我翻電話簿，發現台北市居然有九個人名字和她一模一樣，彷彿是母親演化出來的分身似的。我選擇其中一位住在中山北路的撥過去，沒想到聽筒的那端卻出現一個沙啞的男音來回答。這個男音在日後一直干擾不休，只要我一想起母親，他就會立刻跳進我的腦海裡，和母親的形象交疊在一起，忽男忽女，忽遠忽近。

而我父親取名的過程就更加戲劇化了。他出生在山東一個小縣的農村，是家中的頭胎兒子，長輩寄予無限的厚望，遂取名福禎，兩個字都是福的意思，對於一個農民而言，還有什麼名字比這更安穩踏實？然而一個人的福氣抵擋不住整個民族的流離。民國三十八年，他跟隨學校從大陸一路流亡到澎湖，學生被軍隊強行收編，他不願意，只好頂替個假名，改叫作青海，逃到台灣。原本生長在黃土地中的父親，從此就再也沒有離開過這個被海包圍的小島，名副其實的青海。他成了太平洋上的尤里西斯，只差沒有歌聲迷人的女妖來眩惑。

如果名字是父母所賜予的祝福，如同血緣的遺傳一樣不可改易，那麼我的家人顯然都具有反叛性格，寧願自己作主。這些在有意無意之中經由他們親身選取的名字，爲我開啓了一個無邊遼闊的想像空間。讓我想起小時候曾經瘋狂耽溺於瓊瑤小說，埋在紙上塡滿了書裡的人名，夢竹、含煙、書桓、紫菱、楚濂、纖纖、浩天、飛飛；我也曾經著迷於有著好聽名字的同學，譬如說若蜜，或是菈凡；我甚至嘗試創造許多人名，有若水，有停雲，有如歌，他們竟是我最初提筆寫作的開端。這或許證明了小說無非是逃避現實世界的一種方式，就像古龍的楚留香、三毛的撒哈拉、倪匡的原振俠。

但是，我家人所選取的名字都沒有什麼美感。他們是活生生有血有肉的行走的人，會老會病會醜，懂得道德但也懂得說謊，對於生命有期待也有掙扎，最終卻都要困窘於宿命的無奈。他們的名字集合起來是一部無聊的小說，一部艱澀的字典，比詩眞實，比知識深奧，比歷史複雜。

誕生，一九六九

一九六九年，我誕生於台北的鐵路醫院。

這個誕生地聽起來就像鐵路餐廳一樣的滑稽。讓我聯想到車站擁擠的人潮，冒著黑煙的火車，鐵軌的油漬，躲在角落的空便當盒發出臭酸味，還有黏著白痰、鼻涕、尿液、果汁、汽水的地板，這些畫面全和我的嬰兒床混在一塊兒，以至於我從來不願意再回到那個地方去求證、憑弔，甚至根本不相信有什麼鐵路醫院的存在。也因爲這個緣故，以下的叙述都將根據我母親的回憶而來，當然，不可否認，其中也摻雜了我的回憶，當她告訴我這些故事的時候，我還是個不滿十歲的孩子，十歲以後，除了柴米油鹽雞毛蒜皮之類，我們似乎再也沒有交談過任何不存在於現實世界的事物。這些陳年往事便成爲我母親的回憶再加上我回憶的綜合體，那就像是一個混合了巧克力粉的發酵麵團，可以扭曲變形到什麼程度呢？恐怕連我也無能估計。

根據我母親和我的共同回憶，一九六九年九月二十日的半夜，她起床小便，迷迷糊糊坐到馬桶上，一使力，子宮竟然一陣陣的收縮，她這才從夢中驚醒過來，猛然想起肚子裡面原來還有一個我。她的下腹部開始不尋常的急促陣痛，那痛的力量淨把她往下扯，她雙手使勁扶住洗手台，坐在馬桶邊緣憋了老半天，才終於憋出一句淒厲叫喊。還在睡夢中的父親聽見了，馬上從床上彈起來，牽出他的偉士牌摩托車，一邊卻不禁回想著剛剛出現在他夢境裡的陌生女孩。一直等到二十年後，父親才告訴我，早在我出生之前他就在夢中見過我了。他竟是這世界上第一個認識我的人。

當父親在發動摩托車的時候，母親捧著肚子，迫不及待一下就跳上車的後座。這動作讓她想起中學時代體育課的跳箱，她沒有跳過去，雙腿叉得大開，就坐在箱頂的海綿墊上，砰的好大一聲，同學們站在一旁觀看，嘩的像潮水發出一陣哄堂爆笑。她坐在箱頂上，低頭發現一灘指甲似的血跡，從短褲底部緩緩滲透開來。而現在母親坐在摩托車的後座，車子跳躍過路面的坑洞，椅墊不斷撞擊她的陰道口，但這回她可不敢再低頭往下看了，怕看到我的頭已經鑽出，一見著她，就要張嘴號啕大哭起來。

其實，如果不是我這麼急著要來到世上，而爸不是把摩托車騎得這般飛快的話，他們將會發覺那天晚上月亮格外耀眼，像只發光的琉璃盤，一股今年入秋之後最優雅的涼風正從海面緩緩吹送，彷彿某處點燃了鴉片夾雜麝香的魅惑氣息似的，許多情人們受不了這股浪漫的召喚，公然站到路旁的椰子樹底下，深深擁吻。而爸的摩托車急駛過去，唰的一聲把那時流行的迷你裙掀開，一朵一朵有如白玉花蕊沿街陸續綻放。爸的摩托車急駛過夜市，海產攤上的酒客正在津津有味的討論八月二十四日金龍少棒勇奪世界冠軍的那一戰，余宏開和陳鴻欽在第二局下半連續擊出安打，而投手陳智源如何連連三振，粉碎美西隊反攻的最後機會。旁邊正在啃當歸鴨腿的歐吉桑，抬頭看到急駛而過的摩托車，飛快的速度讓他想起二月二十四日那天遠航從小港機場起飛的春節加班機，載著他的女兒和女婿，然而十八分鐘以後，卻墜毀於台南的二甲溪溝。歐吉桑悄悄流下兩行熱淚，滴在黑色的當歸湯裡。

爸的摩托車急駛而過，劃開涼爽的夜，我的頭皮被顛簸的路面震得隱隱發麻，造成我日後偏頭痛的宿疾。可是眞正令我失望的是，這個世界的人們似乎沒有因爲我的降臨而感到絲毫驚喜，只有母親一雙汗涔涔的手不斷地伸過來，想要把我的頭再塞回到她的子宮裡面去。

一九六九年，與我一同誕生的人現在年紀都還不夠老，尙來不及成爲偉人，値得一提的只有美國當紅的歌手巴比·布朗，芝麻街美語的大鳥，閣樓雜誌，巨型噴射機波音747，中國電視公司，國父紀念館，他們都和我同年來到這個世界上。因此當我在一九九九年走入國父紀念館，看見樑柱掉落斑駁的紅漆，老舊的壁鐘已經停擺，簷下懸著經年的鳥巢，蜘蛛網隨風蕩漾，在在讓我觸目驚心——原來我也有這樣陳舊的歲數了?然而，在一九六九年死去的人恐怕更多，有中華民國副總統李宗仁，中共國家主席劉少奇，北越頭子胡志明，歷史學家吳晗，自由鬥士殷海光，五四先驅羅家倫，在我還來不及見他們一面的時候，他們就已經消失得無影無蹤，只留下書裡一堆沉默的文字和圖片。

然而，我的誕生到底有什麼意義呢?截至目前爲止，最能夠回答這個問題的，莫過於我的家人，而且可能僅有他們知道而已。一九六九年，我的父親四十歲，我的母親三十歲，一個屬龍，一個屬虎，當他們聚在一起，便注定了龍虎鬥的命運。不過，根據母親的說法，我的誕生才是眞正開啓他們鬥爭的端倪。因爲在我三歲以前，睡覺時都要握著大人的手，才肯安心闔眼，而每次等到母親哄我入眠以後，再回去床上，父親早就睡死了。母親認爲，這一點正是造成他們日後漸行漸遠的根源。

在母親口中，那個還不會說話不會走路的嬰兒的我，簡直像是撒旦送來的惡魔，一手終結掉他們三年不到的婚姻。可是長大以後，我才發現一九六九原本就是一個大顚覆的年代，我不禁懷疑我體內生來便已種下革命的骨血。那股叛逆的風潮從一九六八年五月三日法國學潮開始燃起，警民衝突的激烈程度不亞於一場內戰；五月十一日，三萬多名西德學生集結波昂街頭，抗議戒嚴法實施；一九六九年一月，捷克學生楊·帕拉赫自焚抗議蘇聯入侵布拉格；一月二十五日，西班牙學潮，宣布全國進入緊急狀態戒嚴三個月；六月，紐約格林威治村同性戀者焚燒石牆酒吧，抗議警察臨檢；八月，北愛爾蘭恐怖分子動亂；萬名嬉皮在紐約州伍茲塔克音樂藝術節中公然嗑藥雜交；十一月，阿姆斯壯登陸月球；美國華府二十五萬人參加反越戰大遊行；十二月，愛爾蘭作家貝克特獲得諾貝爾文學獎，以《等待果陀》爲這個年代畫下了荒謬的問號，以及句點。

一九六九，充滿熱力的年代，反抗與純眞同在，樂觀與放縱並存，我心深嚮往之。難怪母親說她懷我的時候，什麼都不想吃，就想吃冰塊，成天肚子裡頭有團火在燒一樣，就在連續吃了十個月的冰塊之後，她的胃變成一個冰窖，連米飯都消化不了，幾十年來因而維持一副人人稱羨的纖瘦身材。我看著母親扁皮如豆腐皮的腹部，她所有的食慾彷彿都被胎兒時期的我吸乾了，反叛因子早在我血管裡面根生，似乎我出生的目的，就是爲了推翻自己的存在，而那賜予我生命的父母，首先便成爲我革命的犧牲品。

不過，預言總是比事實還慢了一步，就在我六歲那年，一位算命仙看到我的紫微斗數，不禁皺緊眉頭，說這個小孩天生就與父母無緣，尤其主剋父親。我的母親聽了以後，只長歎一口氣，她覺悟得太晚，如果早知如此，一生下來就把我送走的話，或許她和父親的生命史就要完全改寫。

我的母親牽著我從算命館走出來，她低頭看我，看著這個摧毀她生命的小惡魔，手不禁微微的發抖，但總不能就這樣子把我扔在馬路旁邊吧。我們走過麵包店，麵包出爐的香味糾纏住我的鼻子，我扯著她的衣角，大聲喊餓，她猶豫了一下，還是選擇走進店裡。在那個年代麵包店裡僅有兩種口味——波蘿麵包和香蔥麵包，她破例大方的同時買了兩種給我。於是我們從士林沿著百齡五路繼續走，走到石牌，那時路的兩旁都還是稻田，秋天來臨的時候，紅磚道上堆滿了金黃色的穀粒，打穀機打出棉絮一般的米糠，在空中飛舞。母親穿著桃紅色的迷你裙，露出一節白皙的大腿，底下修長的小腿尤其讓我感到嫉妒。她牽著我走在紅磚道上，繞過小山丘似的穀堆，兩隻眼睛卻望向天邊，心思不知飄到多遠的地方去，可是，就因爲手中牽著我的緣故，她哪裡也去不了。她悲哀的握住我的手，而我箍緊了手指，像一條一條小蛇鑽進她的指縫，雙腳大力向前踢正步，神氣地抬起下巴，因爲我知道，我到底才是母親眞正的主人。

一九六九年，革命的激情彷彿都在遠方陌生的國度裡燃燒，與這座寧靜的台灣島毫不相干，但其實不然，它們飛越千里，穿過海洋，匯聚到我的身上，張開大口，吞噬掉我的父母，吞噬掉我周遭許多我知道或不知道的事物。我不得不承認，一九六九年九月底橫掃全台的艾爾西颱風與我有關。這個颱風造成九十多人死亡失蹤，財物損失難以計數，我的外公因而破產，從此一蹶不振，淪爲一個脾氣古怪的窮光蛋。在他死前，他仍然堅持那次颱風是我帶來的，並且拿出那本我早就已經看過上千次的面相書，作爲佐證。當我出生那天，他去醫院探望我，第一眼就看見我右眼底下的一顆黑痣，不知爲什麼，這黑痣讓他感到極度不安。等回到家，他馬上查面相書，在那顆痣的方位找到了「水厄」兩個字，果然，一個禮拜後艾爾西颱風應驗了他不祥的預感。

我的誕生究竟有何意義？難道我在不知不覺中做的就是謀殺，謀殺，謀殺……如今我坐在一九九九年，和當年我的母親一樣三十歲，回頭看，看見我的母親從一九六九年黃昏的薄暮中走來，她挺著滾圓的大肚子，手中捏條小手帕，看到路邊賣剉冰的攤子，正方形的大冰塊不斷冒出白煙，她的口水忍不住就要流下來。我說，妳千萬不要吃啊，吃了一輩子害胃病。但是她不聽我的勸告，坐下來，點了一大碗，她閉起眼，深吸一口氣，享受銳利的冰在齒舌間融化的美妙滋味。而一隻蒼蠅悄悄溺死在她碗中甜膩的紅豆裡。

一九六九年九月二十日深夜的急診室。母親捧著肚子，跳下摩托車，衝進大門，往綠色的病床一躺。當護士還在忙著打電話給醫生時，我已經等不及要來到這個世界，遂行革命的野心了。我看見爸爸捲起袖子，伏在母親高高舉起的雙腿之間，攤開他巨大的手掌，親自迎接我的誕生。我警告他說，你千萬不要啊，快點把我推回子宮裡面去，否則你要後悔一輩子。但是他不聽，他是我這輩子第一個擁抱的人，也是唯一的一次，因為在冥冥之中，命運之神已經注定我將會大力的把他向外推出去，直到永遠推出我的生命。

我躺在一九六九年的嬰兒床上呱呱大哭。母親剛結束一場與父親激烈的爭吵，臉上盡是狼藉的淚痕，她趴在床邊耐心哄我，而父親已經在另一個房間睡著，進入夢中，遂行他外遇的陰謀了。但事情怎麼會演變成這個地步呢？到底何者為因，何者為果？我躺在嬰兒床上，大力搖頭，哭得面紅耳赤，在我的哭聲中，這個家逐漸的分裂開來。

地球仍然在緩緩的轉動著。

一九九九年，我的父親已經七十歲，母親六十歲，仳離將近三十年，分居在台灣島的南北兩端，但他們沒有一日忘記過一九六九那個充滿爭吵與怨恨的冬天。他們曾經先後告訴我同樣的一句話：如果不是因為你……

如果不是，一九六九，一座隱形的歷史之碑。一座因我的誕生而存在，而消失，而毀滅，而腐敗，而沉默的記憶之碑，被我不停鐫刻與塗改，拓印著我的母親的白髮，我的父親的駝背，以及我的祖先的靈位。

島與島

此地舊日被災情狀，與今山東飢民無異，豈朕今日睹此地安居景象而忘山東之飢民乎？

——康熙四十二年二月壬午上南巡州過邵伯更樓

這是流亡的結局？抑或是開端？

現在車子正循著濱海的公路跳躍前進，仲夏炎陽的光芒從窗玻璃射入，劇烈抖動你的兩頰，你瞇起眼，顛簸的路面幾乎要把五臟六腑震出來。哎，這全不對了，不該是這個樣子的，旅遊書和父親全騙了你。你一陣焦躁，閉起眼，嘗試睡去，你身旁的老婦人帶著一籠子雞上車，剛才掀起一陣咯咯噪響，不安分的羽毛從籠內噴灑出來，但現在雞全昏死過去了，翅膀疊蓋著翅膀，就如同一車子的人全都昏死過去了一樣。

由於半島部分受海洋影響，溫和多雨，夏季不炎熱，冬季不寒冷，故青島、威海衛、煙台爲著名的避暑勝地……

——《最新華北旅遊手册》

都說青島是避暑度假一等一的勝地，可卻比什麼都熱，七月天如燒紅的烤爐兜頭罩下，沒得逃躲。你昏昏然想到凌晨時分姑姑站在鄉下老家的車站對你揮手，說，好好去玩吧。那逼近黎明的薄霧從街道另一頭漫來，涼得叫人打顫，你搓著手說，姑姑你回吧，天沒亮，騎車過田埂時可別叫石頭給絆著了。

姑姑說，你放心，這條路我走了幾十年了，沒事的，倒是你到了青島，別忘記找找你父親，怎麼四十幾年沒回來，現在好不容易回到老家，才住沒兩天，就自個兒跑到青島去不見人影？溼潤的微光從姑姑的眼角泛出來，你以爲是自己看花了，你微笑說，姑姑放心，我一定會找到爸爸的。

可說歸說，你卻一點把握也沒有，要從何找起？這是一個多麼陌生的地方，山東，在數天前這個地名還只存在於書本和你父親的口中。而現在父親將你抛在老家，到青島辦事，一去便沒了消息，你獨自一人陷落在這塊陌生的土地上，面對一屋子號稱是你親戚的陌生臉孔，你無法再等下去了，於是你搭上車，沿著民國三十八年父親逃離家鄉的路線，從南坦坡村，官庄鄉，平度縣，然後到青島市，一路朝向黃海的方向，車輪狠狠輾過這條遭受詛咒的道路，這條當年十多歲父親一走，竟花了四十多年才得以再回來的道路。

然而四十多年後，你和父親一同返鄉，姑姑卻悄悄跟你說，其實哪裡記得你父親長什麼模樣呢?只記得那個時候怕共產黨，一股勁兒的趕他出門，而他就趁著黑夜逃了，什麼行囊也沒帶，一個人影小不丁點似的，就朝著星星的方向往前逃了。

似乎總是這樣匆促的逃。你想起數天前你和父親從中正機場到啓德機場，從一個登機門出來轉入另一個登機門，倉皇的旅人坐在陳舊的皮箱上面，在彷彿難民潮的人群沖刷中，你一眨眼就要失掉父親的身影。警察手持重型槍械，在機場甬道上大跨步來回巡邏，皮靴跟敲在地板上喀啦喀啦，你以為緊跟在身後那瘦小的菲律賓人可能就是國際恐怖分子。你上前拉住父親的手肘，從小到大，從未與他親密的單獨相處，你有點不知所措起來，於是坐上飛機你細心教他如何扣安全帶，幫他填寫入境單，說笑話給他聽，打開餐盒，將麵包切成兩半，塗上僵硬的奶油，遞給他，你向來都把他當作一位尊貴的客人侍奉著。然而你忘記了他才是一個眞正資深的旅人。

四十多年來，父親都在台灣這一方狹長的島嶼上旅行，光是住處就換了不下二十個，旅人無須妻小，所以每隔一段時間，你就得主動打電話給他，確定他依然健在否？這一段長途跋涉的日子，父親走了好久好久，終於又繞回來當日出發的起點，南坦坡村，你在入境卡的居留地址欄寫下這四個字，可是當眞是回來了麼？

咱們山東老家的梨不知有多好吃，不像台灣的梨這麼粗，那梨肉質細水分多，吃到口中一點渣也沒有，一不小心掉到地上就化成一灘水。還有蘋果，就有兩個拳頭那麼大，小時候我上私塾，喜歡逃課，一逃課就躲到梨樹和蘋果樹上吃個飽，你舅老爺就叫人抬頂轎子在樹下等著，捉我去上學……

你們踏入老家，一屋子人影幢幢，操著比英語更難聽懂的山東土話，一個綁著長辮子的女人掀起門簾，微笑送上一碗打了四個蛋包的清湯，可是你一個也吃不下，後來你才知道，這四個蛋足以讓他們全家吃上一個禮拜不止。而那端湯的女子是你的二表嫂，遠從新疆嫁過來的，臉上自然敷著一層戈壁太陽的顏色，讓你不由得想到陽光下纍纍的葡萄，還有多汁的甜瓜。

你好奇地睜大眼睛注視老家的親戚們，想像自己身陷在一個蠻荒部落，你簡直不是回家，而是出走探險，你其實是帶著去戰鬥營一般的可恥心態返鄉，一如高中時代參加自強活動時專挑探險隊一樣，你巴不得此行可以跳降落傘到雨林洪荒吃鱷魚肉騎大象。尤其當你記得小時候父親說老家是個山寨，而爺爺就是寨主時，你簡直羨慕死那種騎馬打仗撒潑的生活。只可恨萬惡的共產黨，害得你命運橫遭改寫，被困鎖在台灣這個鳥不語花不香的小島上，整天大考小考擠公車剪西瓜皮頭髮，如果有一天能夠反攻大陸有多好，扛著深度近視眼鏡的你才不在乎是否拯救水深火熱的同胞，你想念的只是那座本應歸你管轄的山寨。

然而一旦踏入此地，沒有高空彈跳，沒有荒野的殺伐獵，南坦坡村一如其名，你兩三步就跨上村中唯一的小土丘，朝四周眺望，終於知道為什麼北方黃土平原所孕育出的詩經，與南方綺麗山水中纏綿的楚辭，其差異不可以道里計。在這裡無一不是土地的顏色，白黃，土黃，褐黃，赭黃，蠟黃，黧黃，黲黃，草木因乾旱的緣故也披上一層憔悴的昏黃，讓你聯想到每日吞食入口的與排泄出來的都一樣黯淡無味，如同一排一排磚房出乎你意料的乾淨，連螞蟻蝨蚤都生存不了。

這片貧乏的黃土地除此之外竟完全無法引起你的任何想像，於是你開始感覺到好餓好餓，彷彿呼吸時都氧氣不足，只要稍一用力，就聽到兩片肺葉在困難地嘶嘶響著。在每一頓飯都是暗黃的饃饃與韭菜間，你走到村中唯一的雜貨店，買了一點糖味都沒有的巧克力，但卻只更加重你的飢餓感。你把味同嚼蠟的巧克力吐在地上，舌頭上長出一層厚厚的青苔，嘴巴幾乎可以淡出鳥來，可是什麼叫做淡出鳥來，你好像從來沒有弄懂過這句話到底是什麼意思。你現在就是無可抑止地想著，每分每秒地重複著，淡出鳥來。

姑姑見你悶得發慌，邀你上街去耍，你去了才知道上街耍的意思就是大家搬著板凳，到巷口圍成一圈，搬長弄短，說的無非是李家的老太婆昨晚哭鬧一整夜，張家的小牛出生後就是站不起來，怕要廢了，隔莊的林家嫂子和她男人爲五十塊人民幣，賭氣喝掉一瓶農藥，結果送到醫院卻花了兩千塊錢的醫藥費。他們邊說邊用手指搓弄你的K金項鍊，問你多少錢，說你身上穿的那件班尼頓的深藍色T恤簡直素得像個老太婆，一雙長著烏黑指甲的手伸過來掐住你的腰說，在台灣日子過得那麼好怎麼身上長沒幾兩肉？全村的人都知道你在節食即使你已經很努力地每餐飯都吃了整整一個大饅頭。

於是你寧可留在屋子裡看書，直到有一天大夥兒興沖沖地奔跑過你窗前，塵土飛得半天高，你掩住口鼻，聽到有人嚷著隔壁巷子的張大嫂鬧上吊，大家興奮得差點沒有張燈結綵。你忽然覺得這群殺氣騰騰閃亮黃油的臉孔好遙遠好陌生，和你生長的世界完全不同，你放下書本，周遭漫起炙熱砂石彷佛置身一場惡夢，開始懷疑起你到底身在何處？

村子裡的支部書記家那個與你同年齡的女兒天天跑來問你，台灣有雞蛋嗎？有蝦子嗎？

有豬肉嗎？有汽車嗎？有牛嗎？她坐在板凳上，一手揮扇一手支著下巴，那台灣有甲甲魚嗎？你愣了一下，說，那是什麼？支部書記的女兒終於拍掌得意地笑了，哈，台灣可沒有甲甲魚了吧，她勝利地昂著頭走了，身旁一群人全滿意地笑著，台灣沒有甲甲魚啊。你紅著臉想要辯解，台灣島四周全都是海，魚可多著呢，鯧鮸鰱鯊鱈鯉鰲鱉蟹，數都數不完。可是他們淨是笑著，台灣四周都被海包圍著，那麼像現在這樣站在院子裡不就能看到海了嗎？他們黃黑的笑臉在夜晚燈泡下晃動如鬼魅。

你不禁想起一些耳熟能詳的情節，故事主人翁穿越時光隧道回到古代，但卻沒有人相信他口中所說的現代世界，述說者如同瘋子般在虛構一座看不見的城市。你努力向他們描述麥當勞、超級市場、抽水馬桶，可是他們耐心的笑著，指著門口的一條黃狗說，瞧這隻狗眞奇怪，都不肯吃自己的大便。

你每天晚上拿著手電筒去上茅廁，兩手左右開弓，輪流揮趕黏在你皮膚上的黑頭蒼蠅，你握著草紙閉上眼睛，這哀哉沮洳場啊，你在如廁的水滴聲中，不禁懷疑幾千里外的台灣還存在否？

然而父親返鄉的沮喪顯然不比你遜色。他垂頭坐在老家炕上，說，這熱，簡直沒法可說，住在這兒比坐牢還要難受。屋外那缸預備兩戶人家整日的用水，還不夠他洗一次手。回到老家的第三天，父親就按耐不住，教他們如何搭建浴室，連接水管洗澡，但是一屋子人圍著父親，張大眼睛，嘻嘻笑說，那麼麻煩幹嘛呢？洗什麼澡？今天洗了明天下田不是又弄髒嗎？於是第四天一早，父親起身獨自到青島去了，他說，要去飯店裡洗個痛快的澡。臨走前，父親塞給你一大把人民幣，說，在老家待不住的話，就自個兒到處去玩玩吧。

由於德日佔領青島期間，曾戮力於市區規畫，因此除留下許多德、日、美、俄式建築外，馬路寬廣，梧桐、繁花夾道，街景如畫，頗富歐美情調，加上冬無嚴寒、夏無酷暑的宜人氣候，使青島素有花園都市、東方瑞士的美稱。

《山東縱橫遊導覽》

有錢眞好，你數了又數那疊人民幣，足夠一個禮拜的旅行，你把它塞在旅行箱的夾層。你不顧老家親戚的挽留與安全顧慮，決定隻身前往青島，說是擔心父親的下落要去找找。但你坐上公車，喘了口大氣，一如當年正值青春年少的父親逃離家鄉一樣，你頭也不回地逃了，南坦坡村被你一股腦拋得越來越遠。那與你流著相同血液的姑姑還站在公車站牌底下，朝遠逝的車身揮手，整條安靜的街道都收在她因日曬過度而變成淺褐色的瞳孔裡。

她逃不了的，四十多年前逃不了，四十多年後也逃不了，她那雙黑褐色的腳板生了粗根，此生到過最遠的地方不過是三個小時車程的平度市。可你不同，在老家每晚入睡前，你躺在床上總要打開旅遊手冊，拿支紅筆從平度畫一條線直到濰坊，然後擠進人潮洶湧的火車站，一路搭乘火車來到濟南，匆匆走過老殘遊歷的大明湖、趵突泉之後，你不停筆，又從濟南畫出一條紅線，連結到泰山去祭天朝聖。

但爬泰山一路眞艱辛啊，在山底時天氣熱得你雙頰發紅，走到半山腰，開始下起大雨，到了山巔卻已罩滿了濃厚的白霧，你在霧中摸索前進，冷得直打哆嗦，霧中隱約都是飄渺的人影，你看到有個男人穿著解放軍的草綠大衣走來，穿過冰冷的李斯小篆碑、山頂磨崖碑、衡方碑以及歷代君王題字。你登上纜車，從泰山頂巔陰森森的雲霧中墜落，咻地一霎時回到炎熱的地面，而你不曾停歇，繼續移動手中的紅筆，從泰安畫出去連結到曲阜。孔老夫子坐馬車周遊列國，那馬走沒兩步路就要停下來痾屎，一顆顆棒球般的屎就從你的面前掉落，滾到掛在它屁股後方的大布袋中，然後那馬又忸怩著露出兩排粗黃牙齒，向人討糖吃。

你在車廂中因爲反覆的一止一行而顚倒不已，只得爬到車廂口，對車夫央求說不坐了，錢照付就是。但車夫卻瞪起銅鈴般的大眼，說，俺怎麼能白收你的錢！他指了指懸掛在車前的曲阜市模範車夫證書。可是你實在撐不了，只好下車步行一段，讓車夫先繞到前方等你。

你下了馬車，穿過一個村莊，村裡的人都跑出來看背著相機、繫著霹靂腰包的陌生的你，一群小雛雞跑來咯咯纏住你的腳跟，牛隻哞地發出長叫，你以爲你誤闖入一個桃花源。

你越走越深入村內聞到炒菜的香氣，穿開襠褲的三歲小孩坐在奶奶膝上，朝你灑出金黃色的尿液，你突然害怕起這個村莊可能沒有盡頭，那車夫可能欺騙了你先溜回家了雖然他還沒有收你的車錢，你越走越發艱難，周遭的人就像是你千方百計要逃離的南坦坡村民，他們瞪著你笑著伸出手來扯你的襯衫你的項鍊你的手，那麼細白的沒有做過粗活的手……你一驚，猛然翻身醒來，發現窗外漆黑如幕，連星星也沒有，一盞昏黃燈泡下姑姑躺在炕上，一貫緊皺眉頭熟睡著，動也不動。你的紅筆還停留在旅遊書的地圖上，暈開了一大灘的墨水，又彷彿是一滴血，就落在山東半島的正中央。

上諭軍機大臣等：臨清舊城逆賊王倫佔據半月有餘，經官兵往彼，剿捕殲戮甚多，亦有該處居民被賊殺害者，前據舒赫德奏，舊城街巷賊屍填積塞路，昨楊景素奏舊城居民歸還者已四千餘户，自仍須聚處於此，若令屍骸積久，穢氣鬱蒸，春融以後，恐亦染成疾疫，不可不速爲妥辦，著舒赫德、楊景素擇一離河稍遠平敞地面無礙田廬者，刨兩大坑，分別男女屍身，投擲其中，即以燼餘灰礫填壅成堆……

——乾隆三十九年十月壬辰

現在你坐在公車上，沿著濱海公路跳躍前進，你身旁的老婦人睡著了，咧開一張乾枯的唇，蠢蠢欲動的唾液從嘴角探出來，你嗅到一股帶有強烈腐蝕性的氣味，下意識收攏起自己的雙手雙腳。這一塊嗜血的土地，在先秦之前，出產儒道聖人，但在先秦之後，梁山泊、義和團、王倫清水教農民起義從未間斷過，殺人成河。你看到烈日之下街道柏油滲透出來的血漬，就像是看到潛藏在你血管中的反叛因子。

然而旅遊書所描述的那個純淨優雅的東方瑞士，那美麗的青島果眞存在嗎？你的父親可就是在那裡等著你？是否浸泡在某間飯店的浴缸之中，正以嘩啦啦的清水沖去他背上遍布的老人斑？還是他又逃去一個不知名的所在了，就彷彿當年的一去不返？而你眞的想要繼續尋找他嗎？

這輛公車眞的會到達地圖所標示的青島嗎？你瞇起眼望向渤海，突然恐懼自己一不小心就會走到地圖之外，到達一個百科全書找不到的地名。於是你的雙腳又開始不安地摩蹭起來，想要叛逃了。從山東半島、青島、青翠之島、美麗之島、福爾摩沙、台灣，你隨著公車的行進搖晃著，彷彿是一座漂流的島嶼，在島與島，島與島。

搖籃曲

父親究竟到哪裡去了？

二十多年來我已經訓練自己不去想這個問題。在國小五年級那年，除夕夜父親沒依慣例回來，也沒打通電話，我、母親、姊姊三人面對面圍爐，浸在火鍋咕嚕咕嚕滾出的白色煙霧之中，彼此安慰著他一定沒事。「說不定是跟哪個女人跑出去玩了！」母親笑著說，開始拿起筷子，享用原本特意爲父親準備的昂貴的霜降牛肉。我們決定用大吃大喝、嘲笑與惡意中傷把父親永遠逐出家門。

但事實上，母親每天都在留意新聞有沒有意外傷亡的報導，而我則暗自運用各種方法來預測他吉凶未卜的下落，包括擲錢幣看是領袖頭像還是一元，走到街上第一個碰到的是男生還是女生，起床的時候是七點還是八點。不過，事後證明我們這些擔心全是白費，兩個月後父親自動出現，並且正如母親所說，在失蹤期間他偕同女伴度過了一個愉快且美好的新春。而這整件事給予我們最大的教訓就是學會了冷漠。

父親從來不屬於我們，可是也不屬於別人，他是天生的浪遊者。我剛進國中那年，父親搬了新家，他幾乎不到兩年就要搬一次家，我們去他的住處探望。至於那棟房子倒底在哪裡或長什麼樣子，我已經全忘了，奇怪的是記憶裡只留下深重的咖啡色，溼淋淋從牆壁淌下來，好像到處都才剛剛刷上濃稠的火山岩漿，一層壓過一層似的，越是努力刷它就越留下斗大的疙瘩。

大家坐在客廳聊天，我卻不知怎麼獨自一人走到父親的房間，那裡對我而言有一種難以言喻的神秘感。我悄悄走進那充斥著強烈髮油香味的空氣，椅子上搭滿了一件件懶散的襯衫，灰黑一片的弧狀電視螢幕映出我變形的身影，藏青色襪子縮成一團，睡在打開成八字狀的蛇皮皮鞋裡，雙人床上兩個繡著鮮紅牡丹的枕頭正交頸而眠。我走到桌前，桌上堆著發票、指甲刀、發黃的剪報、零錢、廣告單、鑰匙、掉了蓋子的膠水，還有半個長出黑霉的饅頭，一小張薄薄的宣紙就貼在正前方的牆壁上，紙上竟是父親用毛筆寫的一首詩：

旅途無良伴，凝情思悄然，回首思往了，斷雁警愁眠。

詩後署名寫於某個失眠的午夜。我仔細來回讀了三遍，發覺不能再讀了，趕忙走出去，加入客廳聊天的行列。但這四句詩的寂寞已經在我體內發生了巨大的化學作用，它讓父親的一切作為都忽然變成是可以原諒的了，並且在後來長達二十多年我們岌岌可危的父女關係中，這種莫名所以的寬容情結都仍然持續的發酵脹大。

國中三年課堂上，我經常趁老師不注意，把父親寫的這首詩來回抄在書上空白處，比起同學充斥著漫畫丁小雨和尼羅河女兒的課本，我的課本顯然格外迴盪著一股古老而哀傷的氣味，日積月累下來，這些課本變成我的秘密書信，打死也不肯借給別人。那就像是上課時我偷偷打開的一扇窗戶，我默默向窗外空蕩的遠方呼喊著，呼喊那茫昧未知的人生，並期待著窗外總是會出現些什麼。

那一年，我的教室緊臨學校圍牆，牆外是一棵長滿氣根的大榕樹，粗大的樹枝總不安分的伸到窗口來，一陣風吹過，樹葉便唰唰的灑到課桌上。有一回恰好輪到我坐靠窗的位置，才開始上課沒幾分鐘，我的心思又飄了出去，不由自主偏過頭去瞪向濃密的樹蔭，我忽然看見一個男子穿著件大風衣，站在樹底下，吃力的伸長雙手，想要攀住樹幹爬上來。

我眨了眨眼，他的身形和父親是多麼相像啊，我幾乎忍不住要張口喊叫出來，尤其是那件藍黑色的長風衣簡直一模一樣，我以爲是自己眼花了，幻想父親爬到樹上來探望我，或者可能根本是父親死了，所以臨走之前，魂魄特別要來通知我一聲。我的眼眶不禁一熱，又狠命眨了一下。這時，我忽然聽見全班瘋狂尖叫起來，原來那男子已經站在窗外的樹上，正對準我們拉開風衣的下襬，露出一雙光溜溜的黝黑的睪丸，沉重的垂著，幾乎要破皮墜落。我這才覺醒到底發生了怎麼一回事。

班上女生一邊尖叫，一邊爭先恐後湧到窗邊。那男子受到前所未有的鼓勵，興奮得雙頰發紅，嘴張得老大，合都合不攏，一直到警察爬到樹上，幫他扣上手銬。過沒多久，年輕的訓導主任怒氣沖沖趕到我們班上，整整訓斥了一個小時。「不要臉！」他對著我們這群十二歲的女生用力吐出這三個字，嘴角旁的青春痘腫大得快要爆裂開來。

訓導主任認爲這個世界上爲什麼會出現變態狂，就是因爲有我們這群不知廉恥的女生，所以爲了讓我們一次把男生看個過癮，他命令全班到走廊罰站，朝向對面大樓的男生班一字排開。於是大家你推我擠來到走廊上，還沉浸在剛才那一幕彷彿肥大香腸的畫面當中，油滋滋的肉的喜悅還在口中吱咂噴射。可是她們這種躁動的喜悅卻感染不了我，我默默地靠牆站著，在整個事件中是唯一感到深深羞愧的人，因爲這個男人其實和父親長得一點都不像，但何以會導致我產生如此荒謬的錯認呢？

我忽然想起有一回父親帶我去買文具，在書店中他竟把一個女孩誤認成是我，走到她旁邊，還跟她說了老半天的話，我眼睜睜的目睹整個事情發生，卻沒有走過去阻止，因爲那女孩和我長得實在毫無相似之處可言，我既不戴眼鏡，也不紮髮辮。就在那一刻，我才知道我和父親的距離有多麼的遙遠。

因此我總覺得窗外男子的出現絕非偶然，它代表某種特殊的意義——我開始發現我對父親充滿了一連串的錯認，即使我的課本塡滿他的詩，但我似乎只讓這短短二十個墨色已淡的字跡，在發黃的紙上無止盡的發芽、吐絲，直到把父親連同他那個寂寞的房間包裹起來，懸吊在一個遙遠而淒涼的古老年代。甚至到了多年以後，成爲我現今正在書寫的這本傳奇。然而這一切可能都僅存在於書寫當中，與眞實的世界已經越行越遠了，而唯一眞實的恐怕只剩下窗外男子那隻聳拔的陽具，在凜冽的寒風中、在少女的尖叫聲中，不住微微的顫抖，顫抖。

於是我刻意要去錯認父親的了，甚至帶著自虐的快意去渲染我的想像力，否則我無法理解他的生命到底與我有何干係，而從此以後，他的身分與他的存在都要通過我的文字才能獲得意義。就這個層面來說，他已經不再是我的父親了，毋寧更像是一個靠我生養的兒子，我對著他張開雙手說，來吧，乖乖睡吧，你將會在我的臂彎中找到一個休憩的位置，你將得以安心入眠。

所以我竟開始去縱容我的想像力了，甚至掉過頭去，不願再見到我的父親，再同他說話，而只耽溺在我所構設出來的虛幻空間中。裡面陳設永遠不變，到處披掛的衣服、雙人床、發黃的繡花枕頭、凌亂的桌面，牆壁上一紙褪色的古詩，宛如一個潮溼而腐朽的聊齋，不論我走到哪裡，這個四方形的空間都匍匐在我的背上，跟隨著我四處旅行。

這種耽溺並不會妨害我在現實世界中的生活，每個人或多或少都在過著人格分裂的日子。每天下課以後，我仍然和同學擠在三商百貨的二樓，買一堆精美而無用的小卡片，彷彿怕別人不知道我們存在似的高聲尖叫，然後在店員的白眼下，背著書包大剌剌晃過街道，大家輪流舔一串冰糖葫蘆，一路喧譁走到夜市的深處去看松田聖子、早見優、澀柿子，比較他們新出的海報。當許多年過去，我重新由抽屜角落挖出這些海報時，偶像明星們的臉龐爬了一層花瓣狀的霉菌，然而在霉菌底下，他們的粉紅色蝴蝶結仍然鮮豔豔的招搖著一種過時的俗麗。但我從不會承認我們的生活是過時的，時間的腳步如此急促，我們拚命向前追趕，從佐丹奴到班尼頓到香蕉共和國到Prada，從泡沫紅茶到卡布基諾到拿鐵，事物如魚鱗一層層刮落，拋棄的速度永遠都跑在新生的前頭。

正當我如此奮力和時間競走之時，父親卻是唯一不變的事物，這個拒絕長大的男孩總要伸出手來，攀住我的肩膀，將我扯回頭，告訴我他在山東老家度過的童年，每天逃學爬到樹上吃蘋果，家裡的舅老爺便命令僕人扛了轎子在樹下等候，等他吃飽了，再捉他回私塾念書。可是後來等我自己到過北方，才知道蘋果樹是那般瘦小，怎麼可能撐起人的重量呢？而老家那個體重不到三十公斤的老奶奶，大概這一輩子連僕人扛轎是什麼樣子也沒看過吧。

但總而言之，不知從何時開始，父親就徹底拒絕面對現實了，他獨自囚禁在自己記憶的城堡，雖然這大半輩子住遍台灣的大城小鎮，可是他卻搞不清楚7－11到底是個什麼東西，他是他自己城堡裡的王。在這整座城堡中最貴重的資產就是一幅署名倪文亞的長幅對聯，那是倪文亞在當立法院長的時候，父親透過關係輾轉得來，記得當時我曾經如何崇拜自己的父親居然可以與立法院長的名字連在一塊。直到今天倪文亞已經不知何方物去了，在父親的城堡當中，他卻是永遠唯一的立法院長。時間在這個不知有漢、毋論魏晉的桃花源中凍結住了。那個房間淌著火山岩漿，冒出酸腐汗汁，父親一直坐在那兒，張開口，對我吐出一股濃重的老人氣味，一股逃也逃不了的宿命。

我便是如此透過一首短詩在膨脹父親的生命。所以你或許可以想像得到，當日後我無意間在《唐詩三百首》中翻到杜牧的五律〈旅宿〉：

旅館無良伴，凝情自悄然，寒燈思舊事，斷雁警愁眠。
遠夢歸侵曉，家書到隔年。湘江好煙月，門繫釣魚船。

是有多麼的驚訝與失落了，這首我熟悉得不能再熟悉的詩，我一直以爲出自父親之手，卻沒想到竟是父親從別人那裡竄改得來的，雖然這個別人乃是晚唐的大詩人杜牧。

杜牧出身豪門，旣有個傑出的祖父杜佑，子孫多半不會再有更大的作爲，醇酒美人，幾乎成爲杜牧生活的全部，《唐才子傳》稱他「美容姿，善歌舞」，《揚州夢記》則稱他「性疏野放蕩」，在《樊川集》中杜牧致贈娼妓秀媛的艷情詩恐怕就要佔去大半，連他居住的地方也離妓女叢集的平康里僅有幾步之遙。這樣一個生平繁華熱鬧慣了的貴冑公子，居然也有獨自投宿旅店、寂寞難捱的一刻，可見普天之下人同此心、心同此理了，似乎是不必太過於誇大當眞的。可是這些年來，很顯然的，我卻固執的在這首詩中又把父親錯認了一次。

當這首〈旅宿〉被夜半潦草的字跡寫就，懸掛在父親房間的牆壁上時，那句「斷雁警愁眠」還眞教我震動。我以爲父親是從來不會感到寂寞的，寂寞的是我們，但沒有想到在另一個屋簷之下，他同樣受著孤獨的苦，而且比起我們猶有過之。每思及此，他的所作所爲又變成是可以原宥甚至憐憫的了。

只是父親這種終夜不寐、獨擁寒衾的寂寞，竟是自小杜那兒偸來，既已襲用而非原創，就不免遜色幾分，失去了大半的精神。在我心中父親一夕之間遂從一流的詩人，淪為五流的書法家。話雖如此，父親畢竟曾在某個應該上床睡覺的午夜，從被窩中爬出來，提起一枝已經分叉的毛筆，浸到墨水瓶裡，重新把這首詩再書寫了一遍，這是西元九世紀杜牧寫下〈旅宿〉時，絕對想像不到的事。依此看來，古今中外飽受失眠折磨的人眞算得上是代代相承、無可勝數。一千多年前蘇東坡半夜睡不著，起來遊承天寺，也絕對想不到竟會連累所有的台灣中學生，都要在國文課本裡分享甚至背誦他夜遊的經驗。至於北京城中杜蘭朵公主下令全國人民都不准睡覺，那更是霸道得不得了，即使詠嘆調再怎麼優美，也讓人覺得那些想睡而不能睡的無辜子民眞可憐。

最能夠體貼這群夜之國度子民的，莫過於巴哈，他寫於一七四二年的《郭德堡變奏曲》，原名「有各種變奏的抒情調」，是為了俄羅斯駐德勒斯登宮廷大使馮·凱澤林男爵（Baron von Kaiserling）所作。可憐的伯爵長期患有惡性失眠，半夜睡不著覺，就叫巴哈的徒弟郭德堡在隔壁房間為他演奏古鋼琴，而誕生了這首變奏曲。不料從此澤及後世，幾百年來，不知道有多少人依靠著它，才得以撫慰一顆終夜徬徨的心靈。

一九五五年七月紐約哥倫比亞著名的第三十街錄音室中，彈奏《郭德堡變奏曲》而聲名大噪的顧爾德，可能就是其中亟需治療的一個病人。顧爾德的浴室堆放滿坑滿谷的藥罐，每天各種顏色的藥丸從他的喉管滑落，如同七彩的光譜，這位來自加拿大嚴寒北方的鋼琴大師，夜半時分睡不著，最常做的一件事情就是爬起來掛電話給別人，叨叨一念幾個小時，也不管話筒的另一端到底有沒有回應，認識他的人沒有一個不害怕這種來自午夜的鈴聲。

然而卻因爲失眠的緣故，這些異於常人的舉止都變成是可以原諒的，甚至還閃耀著一種苦痛的美——黑夜中不眠的人躺在床上，睜大了雙眼，彷彿暗中幽幽敲開一扇門戶，潛意識的冰山隨著夜晚的河流蜿蜒到床邊——不眠的夜，反倒給貧乏的人生開鑿出神秘的深度，使得顧爾德的怪僻變成是藝術的靈魂在顫抖，使得《郭德堡變奏曲》除了具有巴哈一貫精準的數理概念之外，還格外低迴抒情的溫柔，甚至使得電影《計程車司機》中嚴重失眠的勞伯狄尼洛，從屠殺者變成悲劇的英雄，也使得我那拋家別子的父親，反倒成爲了一個發光發熱的受難者。

當我年紀漸長以後，失眠之苦也沒有放過我，開始像尾滑溜的蛇，於萬籟俱寂的時刻溜進我的被窩，這時我往往披衣起身，尋出《郭德堡變奏曲》的CD，坐入椅中，在長達五十一分二十秒的樂音中，我變成二十世紀末住在公寓裡的伯爵，把顧爾德關在黑色的音響盒子中敲打一夜的黑白琴鍵。這首龐大的變奏曲是巴哈匠心計算的成品，除了主題和末尾的抒情曲，中間由三十段變奏所組成，三十個變奏之中，以G大調爲基調，只有三次是g小調，中央的第十六變奏是法國式序曲，並擔任了前後二部分的分界標的，然而，第三、六、九等三倍數的變奏都是循規法，而且這些循規法是從同度循規開始，每段變奏增加一度而推進至第二十七變奏爲九度循規。

於是在夜深時分，音階按照精準的公式向上攀爬，輪旋，不斷規律的轉動，轉動著那被關在四面牆壁中不能成眠的可憐人，轉動著我的CD，然後從窗戶迴流出去，遠遠流到城市的另一個角落，流到我父親的城堡當中。這時我便想像失眠的父親會從床上爬起來，還有他那貼在牆上已經老去發黃的杜牧，他們靜靜的相互對坐著，與我共同聆聽這一夜的變奏曲。

當然，我那固守城堡的父親從未到過紐約，不知道顧爾德，不知道巴哈，不知道什麼變奏曲，更沒有聽過CD這個時新的玩意兒。他最近只有兩件事情可以與現代風潮沾上點邊。第一件就是跑到大陸娶了個小他四十歲的大陸妹，可惜他以爲自己還是個年輕的小夥子，在得不到對方的愛情下，又黯然的獨自搭飛機回到台灣。第二件則是我搬家時把一台中古的錄影機送給他，面對這架奇怪的機器，他手足無措的像個孩子，我向他詳細解說如何使用遙控器，盡量簡化過程，並且告訴他哪裡才可以租得到好看的錄影帶。

說了老半天，他才興奮地告訴我，他自己就有錄影帶呀，是上回去大陸的時候買的。

他到房間裡轉了一下子就找出來，有兩捲，可是我打開其中一捲，裡面竟然積滿了褐黃色的水。

「哎呀，這已經潮了，不能看了。」我說。沒想到父親的房子潮溼到這種地步，記得有一回他告訴我，早上起床時竟然發現枕頭上長出一朵香菇。

「那麼試試另外一卷吧！」父親戴上老花眼鏡，皺著眉頭。

我將錄影帶放到機器中，電視出現嗤嗤作響的跳動畫面，過沒幾分鐘，畫面逐漸清晰起來，原來是兩個老人站在舞台上說相聲，穿著一身長袍馬褂，手裡拿著個扇子，時不時就要拿扇子骨朝對方的腦袋瓜敲一記爆栗。

「這是大陸國寶級的相聲大師呢！」父親找了個板凳，坐下來，一隻腳翹到另一隻的大腿上，雙手撐著膝蓋，嘿嘿的笑著。他的笑聲夾雜在連珠炮似的相聲當中，忽然讓我想到《郭德堡變奏曲》錄音裡頭冒出來顧爾德情不自禁的哼唱，那聲音聽起來像是來自另外一個世界，遙遠卻又突兀。

我也找了個板凳，坐在父親旁邊，開始想像待會兒我走了之後，當黑夜到來時，這個房子裡會出現什麼樣的聲音呢？想著想著，我不禁覺得四周寂靜得令人快要窒息，雖然電視上兩個老人還在嘰哩呱啦的不停說著，雖然父親正哈哈大笑起來。

那是我最後一次去探望他。迄今不知他又去到何方。而這就是我爲何非提筆寫下這些不可的原因了——因爲我是在對父親這樣說的：請來吧，請來到我的文字中安歇，不要再流浪了，請來到我的臂彎中尋覓憩息的地方，請安心的闔上眼睡吧。

我張開我的雙手，這些年來，一直都是這樣的默默說著。

冬之旅

逆旅

1. 晚安

當我經過時，我將
在你的門上寫下：晚安，
或許你就會因此知道
我對你的思念。

郝福禎從夢中醒來的時候，他置身在台北新店的山區裡，搬來這個房子才不到一年，房間的壁漆就被霉吞掉大半，黑茸茸的霉伸長了觸角像隻獸，一直走到他的床邊來。他彷彿就是被那咻咻的呼吸聲音所驚醒的，醒來一看，床頭的鬧鐘正指著三點半，日曆上寫著一九九九年二月八日。

七十年前，同一天同一個時辰，他在山東的鄉下出生，當接生婆把他抱給他母親看的時候，特別把腰彎低，附在他母親的耳邊叮嚀，這個孩子印堂三條紋，將來注定是個孤獨的命，恐怕還要絕了你們家的種。

在昏黃的燭光閃爍下，接生婆發黃的臉有如戴上一張油蠟面具，她把郝福禎夾在胳肢窩間，那足足一整年沒洗的腋下散發出濃稠的狐臭味，這是郝福禎來到世上聞到的第一股味道，薰得他的鼻子眼睛皺成一團，活像個小籠包似的。他的母親伸出雙手，把他接過來，首先確定他的性別，不僅帶種，而且尺寸驚人，她那張汗涔涔的臉此刻笑得如花綻開。

這是她的頭一胎，整個親族的人都聚攏了，擠在廳裡面等好消息，有嗑瓜子的，泡茶的，拉胡琴的，女人忙著替灶添柴升火，灶上蒸著一籠滾圓的大白饅頭。房間裡傳出生了個男嬰的消息，大家的眼睛莫不笑成彎月形，簡直比洞房花燭夜的那天晚上還要歡喜。他母親看著一屋子熱氣騰騰的人影，不禁驕傲的撇嘴一笑，她拱拱臂膀裡像隻小赤猴似的郝福禎，說，難不成這個小不點兒有這等能耐，把一大家子的人都給散了？他的奶奶站在一旁，也擊掌大笑，露出一嘴歪七扭八的爛牙，把接生婆的話堵回去，說，我看這個孩子眼大鼻大嘴大，天生就是個好福氣的模樣。他爺爺不好意思進房，樂得站在門檻上猛吸菸，他歪過頭，看到窗外不知何時竟下起了飄飄的瑞雪，他拉長喉嚨高喊，這可是天降的大福啊，就叫這個孩子福禎吧。

當七十年後，郝福禎躺在午夜三點的床上，想起他誕生的那個晚上搖晃得叫人頭暈的燭光，奇怪他居然可以記得一清二楚，就在他從母親的陰道口鑽出的一剎那，臍帶還來不及剪斷，他那沾滿羊水和血絲的眼睛微微撐開來一條縫，看到了他這一輩子所見過最輝煌明亮的場景。一整屋子塞得滿滿的喧譁笑語，數不清的手伸過來想要摸他，許許多多的眼睛在他面前浮浮沉沉，大大小小的鼻子朝他吐出各種奇怪的氣味，這是一首無調性無標題的交響大合唱，讓他在七十年後都還能夠牢牢的記住，那股撲向他的，他此生再也未曾經歷過的體熱與體味。

在他誕生那一刻接生婆說的話，是一九八九年當他從台灣回老家探親的時候，他的母親轉述給他聽的，那時候他已經六十歲，所有該發生的事情都已經發生了，再聽到這則預言，已經沒有什麼意義。他八十歲的母親牙齒掉得精光，四十多年沒有見到他，但還是沒忘記要替他做生日。按照老家的習俗，他的母親讓他妹妹作餃子給他吃。他妹妹在幾天前就小心翼翼的問他，台灣人包餃子都拿什麼當餡?他笑了一下，心想四十年沒回來，他妹妹倒眞的把他當成台灣人了。他歪著頭想了半天，才說，就放肉吧，然後好像再摻點切得細碎的蔥花之類的，除此之外，實在想不起來餃子裡面到底還放了些什麼?

他妹妹聽了，喔的一聲，蹲在門檻上抽菸，過了好半晌，才羞澀的笑起來，兩大片對襯的皺紋從鼻子中央向外散開。他妹妹說，餃子裡面就光放肉嗎？

他知道妹妹那笑容裡的意思一半是羨慕，但另一半卻是不以爲然，怎麼可以這樣奢侈呢？於是他也害羞的微笑起來，爲自己的奢侈而感到慚愧不安似的，他心虛的點頭，說，哎，就光放肉。

他的妹妹繼續蹲在門檻上抽菸。

他記得那年他離家的時候，妹妹還是個不滿十歲的小女孩，綁著兩條細瘦辮子，哭哭啼啼牽著他的衣裳。但幾十年無法相見，他連她的長相都忘了，這次回來，看到她，心底驚訝得不得了，這個滿頭白髮的老女人，手中沒有一刻離過菸草，因爲勞動而壯碩得像個男人的肩膀，這就是他的妹妹嗎？他那一雙藏在衣服底下的手臂，極少曝曬陽光，又白又鬆軟，像隻終年躲在洞穴中的肥大白蛐，和妹妹的黝黑結實恰好形成強烈的對比。所以每回他換衣裳，都像個新媳婦似的刻意轉過身去，不教他妹妹看見他已經肥胖成什麼模樣。

在他妹妹一家人面前，他的肥胖尤其是一種難堪的恥辱。一九四九年他跟隨國民政府遠走台灣，妹妹一家人因此被共產黨打成黑五類，永不得翻身，他的妹夫在鬥爭大會上差點送了命，而他妹妹的孩子們不得進入高中，注定留在村子裡當一輩子的農夫，就像他們的父母一樣，臉孔又乾又黃，枯草似的焦髮，拿著一雙被太陽曝曬成淡褐色的眼珠瞅著他，叫他一聲舅舅。

舅舅，你可好？舅舅白白胖胖的手腕上戴著金色的勞力士手錶，手指上一粒卵大的寶藍戒指，舅舅，你的肉可眞白，白泡泡的，過慣好日子的人果然生得不一樣。

這一聲聲舅舅叫得他心裡發慌。

在他生日那天，剛好碰上村子裡趕集，他的妹妹特別買肉回來，坐在門口的小板凳上剁肉餡。左鄰右舍沒有一個人不知道他家買了一大塊牛肉，都扶老攜幼的，跑來看他們包的肉餃子倒底長什麼模樣。這是郝福禎回老家一個多禮拜以來，頭一回吃到肉，吃得兩片嘴唇油汪汪，膩得不得了。他吃不到二十個餃子，就再也呑不下了，扯起褲頭，逕往茅廁裡頭跑。這茅廁原本是養豬的地方，地上鋪滿了發黑的稻草，踩下去，嘰咕一聲冒出濃厚的沼氣，他蹲下身，把頭埋入撩起的襯衫裡，霹哩啪啦，肚子瀉得厲害，他腹部一圈圈贅肉互相傾軋，像尾盤起來的肥大白蛇。他憋著氣，用草紙往屁股隨便抹了兩下，又提起褲頭，奔回屋裡，躺到炕上張嘴呻吟。

他的母親胃口倒好，盤著腿，坐在炕邊，捧著個裂了口的大瓷碗，吱吱咂咂的埋在碗裡頭吃，像隻瘦巴巴的老貓。她一口氣連吃了四十個之後，才抬起頭，伸出白色的舌頭來回舔著嘴唇。她看著躺在一旁的郝福禎，忽然放下碗，嘆了口長氣，說，沒想到果眞應了那個接生婆說的話。她停了一下，才又開口，本來以爲你至少還生了個兒子的。她沒有再往下說。

郝福禎躺在炕上，想說的話湧到嘴邊，又被硬生生的嚥了回去，還有更多的事情母親根本不知道呢，其實，也不是沒有生過兒子，一想到這兒，就不免想起更多更多，四十多年中間發生的事，一下子全湧到他的胸腔裡，哽得他發悶，一時哪裡說得淸？

他沉默地看著屋頂的燈泡，空氣中浮著肉餃子的氣味，原本鬧著要吃餃子的孩子們都不知跑到哪裡去了？窗外是北方乾澀的冬天，一霎時，四周突然充滿肅殺的寂靜。

七十年前他就在這個地方出生，同樣是這張炕。早知那個接生婆如此靈驗，就算她死了也要把她從棺材中挖出來，好好拜上一拜。

密閉的房內依然鼓脹著一股肉餃子味。瘦得見骨的黃狗走進來，東嗅嗅，西聞聞，被他的母親喝叱一聲，連忙夾著尾巴踅了出去。他的母親倚牆坐在炕上，垂著頭，彷彿聽到郝福禎心裡的話似的，突然開口說，那接生婆早就死了，活活被餓死的，你妹妹的大兒子也是她接生的，可是沒用，你妹妹的兒子姓宋，不姓郝。

他這才想起，他可能是村子裡最後一個姓郝的人，也是郝家最後一個出生的兒子。郝福禎懶懶地躺在炕上，中午過後北風越見強勁，看樣子或許就要下雪了，連牛肉的香味也逐漸冰凍在空氣中，如一粒一粒透明的玻璃珠。

果眞是接生婆所說的，這孩子印堂三條紋，將來注定是個孤獨的命，恐怕還要絕了你們家的種？

一九九九年午夜三點，郝福禎躺在台北陰冷的冬夜裡，不禁想起他早夭的孩子，連爸爸都還不會叫，就離開這個世界。當時他好像也不曾覺得特別惋惜，因爲年輕，剛來到台灣，即使後來待了十多年，也以爲總有一天要回到大陸去的，傳宗接代，總得祭拜宗祠，一切得等到那個時候再說。

只是沒想到一等就等到了白頭。

最近，他老是夢見一個孩子被河水流走，水聲嘩啦啦的在他的耳邊沖刷過去，他伸手去撈那孩子身上白色的衣服，可是抓到身邊一看，那孩子居然沒有五官，只有一張柔嫩的嘴，不斷開口朝著他叫，爸爸爸爸，他一驚，手一鬆開，那孩子又流走了，一直掉到瀑布懸崖底下去，他抬頭，洩洪似的水流轟隆一聲，漫天蓋地朝他捲來。他總是在這個時候驚醒，然後一切唰的回歸寂靜，而屋外是非常深沉的黑夜。他得再努力睡去。

晚安。他於是對躺在炕上的母親說。母親死時灰白的嘴如老鷹的喙。

晚安。他於是對河流中那沒有臉的孩子說。

晚安。他於是對老去的自己說。

2. 冰凍的眼淚

冰凍的眼淚從我的臉頰上
滑落，
難道我竟沒有發覺
我已經流淚。

你他奶奶個小兔崽子，你他奶奶的懂啥東西？你他奶奶的放屁！舅舅一巴掌從天外飛來，這一打，就把郝福禎從南坦坡村打到青島去。

那年郝福禎十歲，父親在田裡被人拉去作軍伕，親眼目睹者有的說是被國民政府軍抓走的，有的說是游擊隊，有的說是共產黨，有的則說是去替日本人修鐵路，還有人說他原本性子就野，是自願跑去當兵的，眞相到底如何其實不重要，反正下場都一樣是被地雷炸成了血淋淋的肉醬。當消息傳來的時候，母親剛好帶他去屋後的枯井裡面拿地瓜，那口枯井是天然的冰箱，他身子小，順著繩子爬到井底去拿，結果母親一聽到父親的死訊，竟然抛下他跑回家裡去，繩子唰啦一聲落到井底。

郝福禎獨自蹲在冷冷的井內，試著叫喊兩聲，可是沒有任何回應。他聽到外面隱約傳來喧譁著父親的死，母親拼死命不肯相信的叫嚷，還有夏日林中的蟬鳴，唧唧的大聲響著，黃狗汪汪的吠，牛尾巴啪啪來回驅打蒼蠅，貓從矮牆上跳下。但這一切彷彿都來自遙遠的他方，就像是井口上邊那塊小小的晴朗的藍天，他伸長了手臂，瞇起眼從指縫中看著白色的太陽，這個世界遺忘了他。日後回想起來，他覺得那一刻他眞的是被冷壞了，內臟凍得發硬，以至於他對父親的死沒有掉過一滴眼淚。大家都說，這個孩子可眞堅強，其實背後卻竊竊私語著他的無情和不孝。

當他母親再度想起他時，四處尋找，簡直要瘋了，她差點以爲失去了丈夫，又同時失去了兒子。這件事使得他母親徹底變成一個神經質的女人。當他母親又垂下一條繩子把郝福禎從井底釣上來時，抱緊寶貝兒子，她突然咬緊牙根，堅決否認丈夫已死，甚至不知從何處生出來一種奇怪的想法，或許可能會在那座井裡同樣找到丈夫似的，她目光炯炯的向井底望去，搖了搖繩子，期待井底會伸出一雙手來將它攫住。但是終究沒有。

前來報信的人看到這幅亂象，不好再說什麼，只得說，反正我也是一片好心，讓妳早早為往後的日子作打算，信不信在於妳。母親不發一語，走到水缸邊撈出兩條滾圓的黃瓜，給那人消暑，那人啃著黃瓜，一路發出喀嗤喀嗤的聲響走了，臨走前母親託他帶個口信給在青島當警察的舅舅。第二天下午日頭正熱，舅舅就到了家門，戴頂米色鑲黑邊的草帽，站在白花花的陽光底下。母親從陰暗的屋子中伸出手，一把將他拉進去，這時候才聽見母親放聲號啕出來。他爹死了呀。他爹死了呀。母親反覆的哀哀的哭。

他舅舅是他們家唯一念過中學的人，母親誰也不信，就信讀書人，舅舅一開口自有權威。郝福禎蹲在炕前，捧著舅舅脫下的帽子，愣愣望向哭得一聳一聳的母親，他忽然冒出一句，死什麼？屍體還不知道在哪兒呢？他本來是好意勸慰母親，說不定明天爹就能逃回家來，誰知道他這句話一出口，母親哭得更大聲了。舅舅一巴掌飛過來，打得他眼冒金星，手中的帽子滾到地上。你他奶奶個小兔崽子，你他奶奶的懂啥東西？你他奶奶的放屁！舅舅豎起兩道劍眉，醬紅色的臉活像是廟裡的關公，他不敢再吭聲，趕緊將帽子拾起來，蜷縮在懷中。

舅舅又回過身去勸母親，現在妳唯一可做的，就是福禎了，這是郝家唯一的根，妳可得好好盤算盤算，不如讓他跟我到青島去，那兒倒平靖些，跟著我也安全，還可以繼續上中學。母親咬著牙說，我就剩這點指望了，你這麼狠心，也要把他拿走？舅舅聽了不吭聲，從郝福禎手上拿回帽子，第二天一大清早就走了。

仍然是那口井改變了他的命運。從那天開始，每當他母親經過井邊，便要不由自主的走向前去，搖一搖繩子，然後朝井底俯身探望，可是在做這個動作的同時，她心底卻又萬分的害怕，害怕果眞有一張臉浮上來，她不敢想像那張臉會長得什麼模樣。她心裡越是矛盾，就越發記掛著那口井，有時甚至半夜從炕上跳起來，赤腳奔到井邊，搖一搖繩子，俯下身，在那一刻她就會馬上清醒過來，扶著井沿哀哀的想，自己眞的是瘋了，不但失去了丈夫，還要失去了理智。她不禁想起村子裡那個又瘋又老的女人，大家總喜歡惡意的圍著她吐口水，學她邊跑邊喊，救命啊，有個人拿刀追殺我。然而老女人的背後卻什麼也沒有，只有一望無垠的黃土地，偶爾無力的揚起一片弱小的風砂。

因此母親開始坐在門口哭泣起來，一天到晚哭得厲害，但也哭得實在太厲害了，鄰居起先是感到驚訝，接下來漸漸在背後嘲笑著，是不是想要得貞節牌坊呀？沒看過有人死了丈夫會這麼傷心的。哭個不停的母親和總是不哭的郝福禎，到後來全變成村子裡流傳的笑話。

有一天他母親彷彿哭到盡頭，鐵下心，什麼都豁出去了，她想起郝福禎出生時接生婆說的話，保住郝家香火的使命感遠遠勝過一切。她又託人帶個口信請他舅舅回來。這回用不著舅舅勸，第二天天沒亮，郝福禎就被母親搖醒，她手中拿著一個已經收拾好的小包袱，一輛借來的三輪車停在門口，木桌上擺著兩碗滾燙的粥，一碟扁扁的鹹韭菜，切成兩半的熟雞蛋。舅舅坐在小板凳上，吸哩呼嚕喝光一碗粥，佝著腰，像個城裡人似的在褲袋裡找手帕擦嘴。郝福禎兩隻小手擱在桌上專心剝蛋殼，而他母親啥也不吃，就光瞅著他，嘴裡不禁喃喃念道，這個小雜種，要離開家了居然一點也不哭，他爸爸死了也不哭，這個無情無義的小雜種。

那天不知怎麼天亮得特別晚，早上五點鐘，他的母親騎著三輪車，載他和舅舅到村子裡的長途汽車站去搭車。每天只有一班車到平度縣城，然後再換車到青島去。三輪車在田間碎石路上顛簸著，舅舅戴的帽子好幾次差點從頭上顛落，只好騰出一隻手來壓住帽沿。舅舅的指頭圓而且潤，兩頰上豐碩的肉隨著車行劇烈抖動，抖得郝福禎看了頭昏。他沒法子想像自己居然要跟這樣一個人上青島去。

當然，他更沒法子想像的是，十年之後，他居然去到台灣，一個他從未聽過的地方，而舅舅成爲他在台灣唯一的親人。再過三十年，舅舅住在桃園的榮民之家，沒看見他的時候還好，一看見他從台北來探望，就免不了大哭大嚷，罵說你他奶奶的就像你娘說的無情無義，我看你從小就這德性。等到他回台北之後，舅舅還得再鬧上好幾天的情緒，有次梨子吃到一半就拿起水果刀追殺室友，幸好當時舅舅的體重已經掉到四十公斤以下，瘦得連刀都拿不穩，跑沒幾步路，兩條大腿就直打哆嗦。可是從那時開始，榮民之家只要一見到他來訪就皺緊了眉頭。不到兩年，一張死亡通知單寄來，他趕到桃園，親手焚化了舅舅形同骷髏的屍體。

桃園榮民之家在鄉下，四周都是稻田，他沿著田邊的路走著，幾隻鵝神氣的從他面前嘎嘎穿過。他手中提著一袋舅舅的遺物，都不是什麼重要的東西，早該丟了，可是在扔入垃圾桶的一刻，他又覺得不忍，把它們留了下來。五張照片，一個木刻的大肚彌勒佛，一疊信，一塊玉如意。不過他知道遲早總是會丟的，如此一想，又覺得自己還傻傻提著這些東西，簡直有些多餘的愚蠢。

他繼續沿田邊走著，田中剛發出一大片綠油油的水稻苗，忽然之間，他彷彿回到跟隨舅舅離開南坦坡村的那天，天欲光未光，田間聚積朦朧霧氣。他的母親奮力踩著三輪車，發出呼呼的喘氣聲，小石頭陸續從輪子下喀啦滾開。郝福禎回過頭去看自己的家，視線穿過路旁筆直的白楊樹，藍紫色的天空落在遠方，一幢房子升起裊裊的炊煙，不知是哪戶人家一大早就起床燒飯了。小石頭從輪子下喀啦滾開，晨風吹過路旁的草唰唰的搖動，瘦長的玉米桿搖出一道一道美麗的海浪，如同在殷殷呼喚些什麼，然而郝福禎專心的傾聽著，終究還是沒有聽懂。

他記得有一回在高粱田裡發現一窩初生的小狗，尚未張開眼睛，風一吹動高粱桿，老遠就能聞到它們身上那股羊水的腥臊味。他起先憋著氣，憋不住了，趕緊張嘴努力深吸一口，於是泥土的高粱的麥子的祖先屍骨的狗崽的種種氣味都抓緊時機，盡數逃到他的肺裡去。那股氣味幾十年了都還在，裹著他的肺，趕也趕不走。因此當多年以後，他走在台北街頭，汽車呼嘯而過，烏黑的煙從排氣管噴出，薰成一路朦朧的街景，他踩在破碎的紅磚道上，碎石從他的鞋底下喀啦滾開，他就會想起那天早晨海浪般的玉米田，而那股氣味又會在他的氣管中颼颼的奔竄起來。

然後他看見舅舅的草帽，跟隨著母親踩踏三輪車的動作搖晃。

在他舅舅死前三個月的某一天，他在回家的路上，看到一個老人拄著拐杖，頭戴米色草帽站在十字路口的正中央，被四周殺氣騰騰的車陣包夾。那老人在尖銳的喇叭聲中動彈不得，一隻枯柴般的手從空蕩蕩的衣袖中伸出來，壓住帽沿，生怕帽子會被汽車的速度掀走似的，這個眼熟的動作讓他心底一震。他疑心自己是不是眼花了。舅舅遠在桃園，一大把年紀是不可能獨自上台北的。可是等他回到家，沒多久，門鈴響了，打開一看，果然是舅舅出現在門口，戴著頂米色鑲黑邊的草帽，站在白花花的陽光底下。郝福禎從陰暗的屋子中伸出手，將他拉進屋裡。這時候才聽見舅舅放聲號啕大哭出來。

你這個無情無義的小雜種啊，舅舅邊哭邊罵著，幾十年來，一貫是他們相見時的開場白。

3. 洪水

雪啊你將流過城鎮
和那熱鬧的街道，
當你發覺我的眼淚沸騰時，
那裡就是我親愛的家。

嘿咻嘿咻，眼前這條道路沒有盡頭，嘿咻嘿咻，王明拉著我的衣角我們往前走。夜晚老鷹張開黲黲巨翅撲下，狐仙蜷於岩上哈哈嘲笑，鹿兒呦呦，野雉咭咭，斑豹吒哇，鳧雁唦呼，游魚唼唼，嘿咻嘿咻，千萬不可張口喘氣，好大一聲將要驚醒樹妖，且看他枝條婆娑張牙舞爪來也。

我兩隻腳輪番打鼓，要從青島走回我的故鄉南坦坡，南坦坡村在平度城，爲念中學到青島一晃就是三個年頭，日本人走了共產黨來了，管他什麼黨的反正一團亂哄哄，學校老師說要愛國愛國愛國愛什麼鳥國，校長帶著學生往南方逃。沒有人知道共產黨到底是什麼東西，一下子攻陷魯東，馬上就要來到青島。四千昌濰學生流亡來到此地，哭訴著守城抵抗共軍浴血悲劇，我們聽了淚灑滿襟高呼誓殺萬惡共匪。校長說只要是愛國的就跟他走吧，咱們跟隨政府走到南方，報效國家拚命抗戰到底，熱血青年，不怕顚沛流離。

可是王明偷偷哭了出來，他與我同村就住在我家隔壁，我們共用那口冰冷的枯井，他最愛溜下去偷吃我家地瓜，十歲那年還拖我妹妹到高粱地裡胡親一把，便宜給他佔盡了可他只會哭，聽到學校要逃向南方就這麼突然哭了起來哭什麼呢。眞是沒用的傢伙。故鄉是口冰冷的井，我抬頭只看見太陽光在頭頂上搖晃，鹹鹹的雞蛋，扁扁的韭菜，瘦得見骨的老黃。可王明就這麼突然哭了起來，家住南坦坡村東邊的張福星說，別哭別哭，咱們不跟學校到南方，就回家吧。嘿咻嘿咻，三個小子趁著黑夜互相牽緊衣角，背著包袱帶著乾糧，朝向南坦坡村出發了。

這黑夜像是一首歌啊一首唱不完的歌，我眞想放開喉嚨大叫，可是四野闃寂杳無人聲，鳥獸蟄靜，星光如織，年紀大的張福星是天文專家，一手指畫出天機天玄玉衡搖光，他做前導，我居中，王明拉住我的衣角沉甸甸的居後。走了三天三夜嘿咻嘿咻什麼也不敢多想，這高粱一搖就叫人心頭一慌，兩手發麻，就怕冒出游擊隊和共產黨的槍桿。我眞不敢相信果眞能走到家。

母親拎著油燈來開門，看見我又哭又罵，（你這小兔崽子不知道共產黨來了嗎你還跑回家），母親把我的包袱丟出去，十歲不到的妹妹也伸出小小的手掌幫忙，四隻手合力把我一齊往外推，快走快走趁著黑夜快走快回學校去才能活命，母親哭著趕忙跑到灶邊拿兩個饅頭塞給我，快走快走否則來不及了，妹妹連話都說不清楚跟著叫嚷。大門在我的鼻子前方碰一聲堅決闔上，我幾乎連她們的臉都沒看清楚，莫名其妙又往回走。母親偷偷打開一條門縫來瞧我，我一回頭她就氣得跺腳揮手，於是我只得繼續往前走。這黑夜啊像是一首歌一首唱不完的歌，而母親和妹妹的哭聲在爲我的腳步伴奏。

我敲王明的家門，可是王明不肯走。我又去敲張福星的家門，他爹已經幫他講好隔鄰一個女孩，淚眼汪汪也來送他，從此一別在家守五十年，守到張福星一頭白髮，回來和她完婚。女孩竟同五十年前一樣還是美麗處女身，可是張福星已經又病又老又醜，拖兒帶孫。那不肯走的王明十年不到就在鬥爭中被鬥垮，連屍體都無人敢領回埋葬，被飢餓的野狗吃個精光。一念之間歷史起了微妙變化，可笑的是當下的我們並不知道。

我們只知道揮手和王明告別，告別了我們的南坦坡，然後我牽著張福星的衣角，又循著來時的小徑往前走。昔我往矣，青紗如林，星斗高懸。這黑夜啊像是一首歌一首唱不完的歌，我眞想放開喉嚨大叫，可眼淚凍成兩條冰柱綳緊我的臉，嘿咻嘿咻我們得再繼續往前走。

4. 回首

我被每塊石頭絆倒，
匆忙奔離這座城鎮，
烏鴉對準我的帽子投擲雪球與冰雹，
從每一間屋頂上。

當許多年過去以後，郝福禎最喜歡對人提起的，還是一九四八到四九，從青島流亡上海、杭州、湖南、廣州直到澎湖、台灣的那一年，一路由北入南，彷彿噴射煙火的嘉年華慶典，想起來眼珠就閃爍出粼粼的光輝。他所遇見的女人沒有一個不聽他說過的，這已成爲締結愛情的儀式，走進他生命必經的入口。

因此當一九九九年他的女兒為了寫作小說，拿王忠信、陶英惠合編《山東流亡學校史》（山東文獻社印行）給他看，以求證這段史實時，他迅速瀏覽全書一遍，許多老友的名字在他的拇指底下翻現，他的眼眶霎時紅腫起來，激動的指著書扉頁的照片說：「就是他！我們的校長張敏之和鄒鑑。」他摩挲著黑白照片上的人影，依然是風姿颯爽英挺的青年，照片下方分別寫著兩行黑字：

國立煙台聯合中學校長張敏之先生，山東牟平縣人，清光緒34年1月25日生，民國38年12月11日罹難。

國立煙台聯合中學第二分校校長鄒鑑（伯陽）先生，山東牟平縣人，清光緒33年2月15日生，民國38年12月11日罹難。

民國三十八年十二月十一日那天忽然又來到郝福禎的眼前，澎湖海風鹹厲而陰慘的刮著他的臉，煙台聯中校長及學生七人，被國民黨冠以匪諜罪名槍斃，而郝福禎被抓到澎湖天后宮新生隊，隔離審訊兩星期之後，終以無罪釋放，從此，他一心策畫逃亡台灣，並決意畢生遠離政治。沒想到在五十年後，這段澎湖慘案不只存在於郝福禎的口中，居然還見諸白紙黑字為證，更沒想到的是，他所遭遇的一切都已經被編成檔案，載入歷史，甚至被一位名叫陳芸娟者寫成師大歷史研究所碩士論文：《山東流亡學生研究（1945－1962）》。數十年間的委屈與記憶如山洪，洶洶然從他的胸中崩瀉。

這是我的歷史啊，居然如今我才知道。他不平的想，翻遍全書，找不到他的名字，未嘗不是一個重大的打擊。他要女兒把書留下來給他仔細瞧瞧，「這裡面肯定有很大的錯誤。」他戴上老花眼鏡忿忿的說，「這些事情我自己親身經歷過，清楚得很。」他又怕女兒不相信他的記憶力，趕忙補上一句：「我有很多朋友，都可以幫忙作證。」但說完之後，他才想起那些朋友已經幾十年沒有連絡了，生死都難卜。幸而他的女兒只是喔了一聲，沒有再追問下去，然而女兒的沉默卻又帶給他另一種難堪的孤獨。

就像他過去數十年來，反覆對人述說這段歷史時，對方通常只是睜大了眼睛，微張著唇，用手托腮，說，哦，是這樣的嗎？喔，眞是太可怕了，那個年代眞叫人不敢相信呀，咦，要不要再來一杯咖啡？還是紅茶？對方的眼瞳中反映出自己激動的神情，他一張叨叨述說的嘴頓時僵住，低頭一口飲盡杯中早已冷去的咖啡。這段歷史不過是下午茶的點心。有時甚至他也不禁懷疑起那些事情果眞存在嗎？一九四九到底是怎樣的一年？他是否來自青島？而他到底怎麼到達台灣的？果然有張敏之校長這個人嗎？他的回憶竟在述說的過程中不斷的自我解構，虛設，朦朧搖擺於話語之中。久而久之，他發現自己只在重複相同的字句而已，原本以爲刻骨銘心的過去，都流失光了，只剩下幾個可憐的辭彙稀稀疏疏掛在齒上，風一吹來，便叮叮噹噹喧譁一陣，不成曲調的。

如今他握著《山東流亡學生史》，好像將自己的腦摺掀開，用指尖一一摳出塞在摺縫裡的記憶，又好像是未死之前，就先看自己蓋棺論定的傳記一般忐忑。他首先翻到徐承烈〈煙台聯中滄桑錄〉一篇，文章開頭將他拉回到民國三十七年。那一年，共產黨地方包圍中央策略奏效，七月，兗州失守，九月，濟南淪陷，赤焰轉眼燒來青島，十一月，流亡學生集中青島一地，數千師生及眷屬齊集在遼寧路日本大廟，接受紅十字會施粥救濟。青島市政府不堪負荷，經與校方幾番協調，決定舉校南遷，每兩人領取一袋政府發給的麵粉，登上安達輪，前往上海。

當輪船離開青島港的一剎那，甲板上迷漫起嗚咽哭聲。回頭看陸地，青天白日的中華民國國旗仍然在許多建築物上飄搖，而前方一片茫茫海洋，天邊雲層低壓，陽光稀淡如霧。此去要到何時才能回返？難道國民政府就這樣失敗了嗎？郝福禎被擠到船邊，腳下的甲板與海浪融爲一體，柔軟的搖晃著他的身軀，他向前一趴，哇的吐出滿肚子酸水。

他掏出手帕，擦掉掛在唇邊的膽汁，在上海虯江碼頭惶惶人群中站穩腳步。彼時上海經濟恐慌，金圓券大幅貶值，各種交易呈現停頓狀態，搶購之風熾烈，校方旋即決定繼續遷往湖南，駛向南方的火車匡噹一聲啓動，噴出難聞的煤油味，郝福禎皺緊鼻子，繼續將手裡的《山東流亡學校史》翻到第四百九十三頁：

民國三十七年，全體師生搭滬杭鐵路抵杭州，由於先遣聯絡人員未能預洽全體師生在杭之過境食宿及轉運浙贛鐵路之交通車輛諸問題，結果師生下車後竟滯留杭市，露宿車站月台，而且數千人吃飯頓成問題，既無米自炊，又無食品供應，數千男女青年浮動在站內，眞是惶惶如喪家之犬。

讀到這裡郝福禎心裡一喜，杭州向來是他最喜歡講述的一段，每次回憶絕不遺漏，可是講了太多次連自己也難辨虛實。一九四八年年底，他們從上海搭火車到杭州，困在杭州火車站，前進不得，既無糧食果腹，又無尺寸之地可以容身，群情鼎沸喧譁，再加上北方戰爭失利，大批軍隊及難民南撤，數萬亂民匯集，隱隱然一股暴動就要在月台上醞釀發生。杭州政府眼看情勢不對，連忙籌款，先安撫這批飢腸轆轆的流亡學生。

那一頓可眞是千載難逢的盛宴，幾千簍大白饅頭，上百桶燒得稀爛的蓮花白燉豬肉，沿著西湖一字排開，墊起腳尖極目望去，也看不到盡頭。郝福禎排在學生隊伍中取菜，心臟跳得鼓咚鼓咚，幾乎要撐破他薄得沒有一點脂肪的胸脯。那股菜肉的香味把蘇堤燻得一陣春暖，明明是冬日，可是郝福禎卻記得坐在桃花盛開的樹下，面對一湖盈盈碧水大嚼饅頭，粉紅的花瓣依依飄落在他的膝上，這幅情景說起來連自己都不敢置信。

畢竟是年輕孩子，肚子塡飽了，顧不得還得轉車往湖南去，有人提議與其坐在車站枯等，還不如偷溜去杭州逛逛。俗諺說「上有天堂，下有蘇杭」，這群北方的孩子心癢癢想看天堂到底長得什麼模樣。他們幾十人脫了隊，往西湖裡頭鑽，一走就是大半天，等到再繞回到車站時已經夜深。眼尖的同學看到車站黑板上寫著：「煙台聯中同學請迅速於西側集合登車。」他們忙往西邊奔去，卻發現那兒奇異的空蕩，難民三三兩兩坐在地上，抬起空無表情的眼睛瞅著他們，一打聽，原來幾千名聯中師生早就搭火車走了。而黑板上的字是五個小時以前寫的，仔細一看，白粉已經斑駁。數十個孩子頓時愣在當場。

每次郝福禎講到這裡時，對方就會笑彎了腰，說：沒看過逃亡的人還這麼愛玩的。說著說著臉上就浮出兩朵愛嬌的粉紅色澤，還有些更富母愛的女人，甚至伸出手來搓搓他的頭，彷彿他又是當年那個不知天高地厚的十幾歲小毛頭。讓他不禁油然升起一股歡天喜地的年輕。

幸而濟南第四聯中比煙台聯中遲抵杭州兩天，他們只好轉向濟南聯中求救，擠上原本已經擁塞不堪的火車，前往湖南。於是郝福禎繼續翻到第四四九頁蘇佩言〈濟南四聯中二分校宋校長東甫先生百歲冥誕紀念〉一文，裡面是這樣寫的：

學校在流亡湖南期間，整個局勢逆轉，人心浮動，物價飛騰，每月由教育部撥來之經費金元券，到校後幾成廢紙。教職員薪水無法發出，近千餘學生一日三餐，亦有困難，當卅八年三、四月間，學校幾告斷炊，學生每日發米四兩，僅供作稀飯之用。迫於青壯學子難耐久飢之困，校長毅然率我及孫守唐、褚效先教師三人，學生三百餘人隨行至長沙向湘省當局借糧，到長沙無處容身，露宿街頭，形同難民。一日遇雨，均無雨具，佇立馬路兩旁，個個全身盡溼。時值季春，天氣尚寒，學生腹中無餐，身無長衣，其情之窘，至今若在目前。

至今若在目前。至今若在目前。郝福禎當然不會忘記，學潮就是從此點燃的，這是他一生中唯一一次擔任過主角。學生吃不飽，發動示威包圍校長宿舍，預備赴長沙向當局請願，學校的督學長勸阻不住，只好率領前往。郝福禎初次體會到革命原是最迷人的事業，十幾歲的孩子往街頭一站，開始演講，面對上千民衆，黑壓壓的人頭，喧鬧的嘉年華氣氛，讓他忽然陷入歇斯底里不可救藥的浪漫之中。當他走在路上，甚至有伏下身去親吻土地的衝動，看到瘦弱的孩童、病死的老人，他會不忍的握緊拳頭，別過一張因痛苦而扭曲變形的臉孔，牙齒咯咯作響，卻忘記了其實他自己也正餓著肚子。顢頇的官僚，左傾的湖南省政府，對於這批跟隨國民黨遷徙的流亡學生採取相應不理的敷衍態度，讓郝福禎的額上頸上屢屢爆出青筋。他站到人來人往的街口，慷慨陳辭，一篇「青年工作總隊告青島市青年書」，早就倒背如流：

親愛的青年朋友們，半個中國都籠罩在火藥和血腥氣氛裡，多少有血性、有正義的青年，感到徬徨、感到苦悶！尤其是我們這些居留在這個濱海的美麗都市裡的青年朋友們，由於內在的貪官、汙吏、奸商、匪諜的勾串、撥弄，外在的共匪的窺伺、封鎖，更感受到一種空前的不安。怯弱敏感的人們，在設法逃避，然而我們這些青年人，飽嚐共匪的壓迫，又處於這目前的腐敗環境，眞使我們走投無路了！我們是向腐敗的環境投降呢？還是聽受共匪的摧殘？或是自己集合起來力挽國運呢？

他高舉手臂，汗水沿著鬢邊滑下，整個中國在他的腳下流竄奔騰，一雙雙無知的黑眼珠正盯著他，南方的民衆根本不能想像共產黨在北方進行的鬥爭與殺戮。覺醒吧，他大喊，想到夜裡趕他出家門的母親，泣不成聲的妹妹，鐵路旁被炸得屍首無存的父親，他把對日本人的憤恨也一股腦兒加在共產黨頭上，雖然他壓根也沒見過共產黨長得什麼模樣。他淚流滿面疾呼，看哪，一個悲苦的時代正扛在我們的肩上。民衆見到眼前悲傷而憤怒的男孩，也不禁動容了，挽起衣袖拭淚，想到從辛亥革命以降身旁不斷死去的親人，以腐壞的骨皮肉血層層相互覆蓋、掩埋於這塊土地上，灰暗的墓碑歷歷如在眼前。

可是悲傷阻擋不了國民政府的朽敗與共產黨席捲直下的攻勢。共軍還沒到，長沙各大學學生就已經率先成爲左派的先鋒，與山東流亡學校形成意識形態的對立。湖南學生代表組織慰問團，假借訪問山東流亡學生之名，其實在宣慰晚會上大量散發共黨的宣傳品，鼓動學生停止跟隨國民黨政府播遷，呼籲他們「不要當蔣介石的砲灰」，高喊「何處是歸宿？不如回家去。」並在台上大扭起秧歌。面對這令人錯愕的景況，台下的山東學生發出不安的鼓譟，幾個學生按捺不住，跳上台去，執住湖南學生代表的衣領，郝福禎就是跳上台者其中之一。在經過一整夜的混亂叫罵，四個湖南大學學生自治會代表被煙台聯中扣押。第二天一早，長沙各報發佈這則消息，當天下午，湖南大學及清華中學等校學生千餘人到省政府請願，要求釋放被扣押的學生，並懲凶道歉。號稱「藍田事件」。

郝福禎當然沒有受到懲處。雖然「藍田事件」使得湖南與山東流亡學校關係惡化，但郝福禎跳上台的舉動，讓他首次感受到革命救國的滋味，台下衆人歡呼著，而台上湖南學代正在爲匪作倀，他一拳揮出去，正中對方的鼻樑，台下湧起喝采聲，如大浪朝他灌來，他的熱血衝進腦門，雙手失去了控制。一直到有個人來拉他說，別再打了別再打了，再打下去要鬧人命了。一場精采的拳擊賽結束。對方應聲倒下。

從此郝福禎愛極了上台的滋味。當學校爲了籌措行旅經費，組織話劇團到處演戲募款時，郝福禎總搶著扮演第一男主角，演到一半，就跳到台前帶領民衆呼口號，拿著旗子唱愛國歌曲，唱著唱著淚流滿面。有一大半捐款都是衝著他的眼淚而來，一個正値青春的俊美男孩的眼淚，有什麼比這還珍貴？《飲馬長城窟》是他最喜歡的一齣戲，雖然家鄉並沒有妻子在等候，可是在這齣戲中他彷彿化身爲中國苦難歷史的代言人，一個大時代巨輪輾壓下可歌可泣的犧牲品，演戲賦予他這又飢又渴又寒愴又瘦弱的生命之外，一種超越時空以及肉體的神聖意義。

他戲演得實在太好了，扮相又漂亮，一筆畫下的直挺鼻樑，雙眼炯炯有神，沒有人歌唱得比他還賣力，更沒有人比他感情豐富。學校話劇團從上海請來了一個瞎子王典玉，二胡拉得全國聞名，他和郝福禎成為劇團裡的兩張王牌。等到學校決定南遷廣州時，有一晚，王典玉把郝福禎找去，拉了首曲子給他聽。是隻陌生的曲子，郝福禎問他曲名。王典玉只是笑著吸了一口菸說，你沒聽過的曲子可多著呢，我這肚子裡面全裝著譜，就是從現在開始拉給你聽，拉上三天三夜也拉不完的。

郝福禎笑了笑說，王典玉你可真是個難得的寶。王典玉說，你也是個寶啊。王典玉忽然伸出一雙手來摸他的臉，他的指端因為長年按弦而長了粗糲的繭，先是撫摸著他的眉毛、眼眶、鼻子，然後停在他的嘴唇上。

王典玉嘆了口氣說，大家都說你長得美，只可惜我看不見。

郝福禎尷尬的坐直身子，紋風不動，生平第一次有人捧著他的臉，溫柔稱讚他的俊美，他依稀聽過別人傳說王典玉喜歡小男孩，可是他沒碰過這種事，全然不懂。

王典玉說，我不跟學校去廣州了，我要組織一個話劇團到菲律賓去，那裡華僑多，賺錢容易。然後他捧起郝福禎的臉，說，你也一起去菲律賓吧，我們聯手一定成功。

郝福禎說，那麼學校呢？學校怎麼辦？

王典玉嘿嘿笑著，現在的局勢亂成這樣，還管得了什麼學校？

郝福禎又說，不行，這不是背叛政府嗎？

你這孩子，眞是死腦筋，這樣的政府有還不如沒有的好。王典玉吐出一口痰。

郝福禎說，我不能走，我還要回山東老家呢。他大聲的說，彷彿這是他的最後一根浮木，若一放手，那就什麼都要化爲烏有。

但王典玉笑得更厲害了，他說，回家？你回不去囉！除非你投靠共產黨，那麼，還不如跟我去菲律賓吧，以你的條件，你一定會變成一個大明星的。王典玉又悠悠的吸了一口菸。那雙隱藏在煙霧後面的眼睛白而混濁，看不見郝福禎臉上的憤怒。

什麼叫做回不去了。他不相信。這個變態的老瞎子。他拔起腿來向外跑。王典玉喊著，你別走啊，咱們再商量。可是他們沒有機會商量，過沒幾天，就聽說王典玉帶著話劇團裡一些同學失蹤的消息。郝福禎終究沒有跟去，就在一念之間。後來他常笑著跟他的女人說，否則他很可能會成爲一個大明星的。

一個話劇明星沒有誕生，因爲郝福禎以爲他會成爲一個革命英雄，可是也沒有，他未曾預料到共產黨竟會漫天蓋地而至，如一場突如其來的大雪，在無聲無息中悄然淹沒大地，而他被覆蓋得滿頭滿臉。大勢已去。

一九四九年初，華中地區戰雲密佈，四月二十二日，共軍渡江成功，攻陷江陰，四月二十四日，南京淪落，五月二十七日，上海失陷，轉眼直逼長沙。湖南省主席程潛與軍人唐生智組織「湖南人民自救會」，由中共黨員與左派人士出面主持，街頭巷尾到處都可以見到反國民政府的標語。大勢已去再難挽回。

五月間，山東各聯合中學匯集廣州一地，山東遺湘總領隊王志信赴廣州謁見教育部長杭立武，請求山東流亡學生遷赴台灣。未果。中旬，山東省主席秦德純再求見台灣省政府主席陳誠，幾經周旋，終於特准流亡學生赴台一事，並交由澎湖防衛總司令李振清收容訓練。一個話劇明星沒有誕生，一個英雄夢的消滅。一念之間，生命中充滿變數。然而歷史從未因郝福禎的吶喊而改寫，甚至連一個逗點都不曾留下。

十多歲的郝福禎無力扭轉中國的命運，但在不知不覺中，他卻扭轉了朋友朱昊的一生。當流亡學校作出南遷廣州的決定時，許多人失去信心，不願奔波異地，紛紛應共產黨的召喚返回北方故鄉，第四聯中的朱昊就是其中之一。他思慮一整夜，決定由棲鳳渡搭車北上，到達耒陽，火車忽然停下來不走了，直到下午正要發動時，迎面與一輛南下的火車相會，郝福禎正站在那列火車的門口，兩人猛地打個照面。他們在杭州認識的，去湖南以後就失去聯絡。

郝福禎愣了一下，來不及細想便大喊：朱昊！你上哪兒去？

朱昊也愣住了，不知如何回答。郝福禎朝他大力招手，喊：還不快過來！火車忽然匡噹一聲啓動，朱昊直覺跳下正在行進中的火車，向郝福禎跑去，爬入南下的車廂裡，回頭一看，原先的火車已經向北方急駛而去，沿路發出嗚嗚的悲鳴。

那一聲喊叫讓郝福禎後悔到今天。

朱昊天性膽小，身子骨又瘦弱，爬入南下的火車立刻就後悔了，老念著要回家。等到學校決定遷台後，他們從廣州去到澎湖漁翁島，才抵達沒幾天，學生馬上被編了軍，由司令官李振淸接管，書本衣物一律沒收，每人發給一支槍，一套軍服，只要不服從者一律就地槍斃。爲了鎭壓學生反抗情緒，軍隊開始進行思想整肅，許多老師和學生被指爲匪諜，就此失蹤。傳說失蹤的學生都以布袋裝起來，丟到海裡，反正漁翁島四面都是海。這使得日後大家一看到碧藍的海洋，頭皮就冷颼颼的發麻。也有的傳說被抓到澎湖天后宮中審訊，日夜哀嚎的聲音一公里外都可以聽聞。

每當集合時，指導員又宣佈某人開小差，大家心照不宣，都知道發生了怎麼回事。這時郝福禎就會看見朱昊轉頭哀怨的望著他。可憐膽小的朱昊緊張得成天發抖，一粒米也咽不下，害了胃潰瘍。然而他的眼睛仍是烏黑且美麗的，水亮幽深，臉上薄如宣紙的細白皮膚，像個女孩子似的。郝福禎知道朱昊在埋怨他，可是不敢說，怕說了，就會被指爲匪諜。他那雙哀怨的眼睛郝福禎一輩子也忘不了。

直到有一天，朱昊忽然在半夜哭了起來。他就睡在郝福禎的上頭，那哭聲起先是壓抑的從鼻腔中細若游絲的緩緩鑽出，後來卻越來越放肆，像是黑暗中有一個巨人在張大嘴巴喘氣，喝呼喝呼，帶動整個床架也跟隨他哭泣的節奏在顫抖。大家蒙著頭睡覺，沒有人敢吭氣。郝福禎實在忍耐不住了，伸出手指，輕輕敲頭頂上的床板。他說，朱昊，你別哭了，是我對不起你，眞的是我對不起你。於是他又說了一句不該說的話，他說，早知如此，當初就不該喊你，讓你跟共產黨回北方去。

這句話一出，大家更不敢吭聲了，紛紛拉起被子來緊蒙住頭，佯裝睡死。四下忽然陷入一種岌岌可危的靜默。然而沉默的是更沉默了，哭泣的卻反更大聲的哀號起來，彷彿暗中有一隻手掐住他喉嚨似的，朱昊在床上激烈的扭動打滾。三分鐘後，班長帶著兩個兵走進來，把朱昊架走。最後據說他瘋了，被關在醫院裡。消息傳來的時候，大家默默聽著面無表情，其實知道一進醫院就別想活著出來。醫院裡面的病人一概都以肺結核病患看待，集中在同一營中以便互相傳染，甚至還傳出舉槍對射的集體自殺事件。朱昊果然是沒有回來。

郝福禎終於知道朱昊不可能再回來，是在朱昊被架走的五天之後，郝福禎半夜忽然驚醒，看到一條黑色的狗趴在他的床前，烏黑的眼睛水亮幽深，那是一雙朱昊的眼睛。那狗注視他半晌，就搖搖尾巴，走到床底下去了。郝福禎爬起來趴到床下去找，可是裡面什麼都沒有，他又坐回床上，一整夜沒有闔眼，直到天亮，那隻狗依舊沒有出現，從此消失得無影無蹤。他想也許是朱昊特地要來告訴他一聲，已經原諒他了，但也許不是，直到死前的一刻，朱昊還是埋怨他。但爲什麼朱昊不開口說清楚呢？只是拿雙眼睛默默的盯著他，令他格外的難受。

郝福禎跑到海邊，伏在海水裡面哀哀的想，就是我害死他的。接著空中突然伸出一雙手把他撈起來，是班長。郝福禎被直接送到天后宮新生隊接受審問，罪名是：知匪不報、企圖自殺。

其實朱昊早就死了，早在民國三十八年南北火車相會的一刻，朱昊的生命就因郝福禎的一聲叫喊，而注定走向死亡。可是歷史卻不曾記載過這些，健忘而偉大的叙述者早就把他們忘得一乾二淨。

一九九九年，郝福禎握著《山東流亡學生史》，他知道自己從來不曾了解過共產黨，即使他站在街頭激情演講過數百回，他更不了解國民黨，雖然那曾經是他唯一的信仰。但除了害死朱昊之外，他不知道自己做過什麼？憑什麼當年膽敢走上街頭大聲吶喊？郝福禎最喜愛的《飲馬長城窟》，他曾數度粉墨登場，站在台上慷慨激昂，流下兩行滾燙的熱淚，可是悲劇演到極點，竟然變成一場荒謬的鬧劇。到頭來，什麼都看不見的王典玉反而把他看得最清楚，伸出一雙手，指端的粗繭撫摸過他俊美的臉，喃喃的說，跟我走吧，相信我，你一定會成爲一個轟動亞洲的大明星的。

直到夜深，郝福禎仍然不死心的翻著手中的史書，在字裡行間的縫隙、標點符號、書頁中留下的曖昧空白處尋找，尋找那任憑別人篡改、塗鴉、杜撰與塡寫的，有關於他的一切，以及那未曾實現、發生，卻在他腦海中屢屢被虛構上演的，那被遺忘與被記憶的……

5. 鬼火

走進這陰暗的山中，
我被鬼火引誘了來。
如何找到一條出路，
並不使我著急。
我已習慣了迷路，
每條路都通往目標；
我們的喜樂與哀愁，
全是鬼火的遊戲。

沿著山溪乾涸的河床，
我靜靜地往下走；
每條溪水都投入大海，
所有哀傷也全邁向墳墓。

飲馬長城窟，水寒傷馬骨。往謂長城吏：「愼莫稽留太原卒！」

根據師大歷史研究所陳芸娟問卷統計，當時學生流亡途中感染的疾病有：疥瘡、頑癬、腸胃病、猩紅熱、痢疾、晝盲症、夜盲症、近視、黃疸病、「繡球風」、瘧疾等。其中以「繡球風」最爲特殊，因爲流亡途中無法沐浴更衣，加上趕路流汗、日曬雨淋，使男生都感染上此疾。所謂「繡球風」，係指兩個睪丸的外皮均紅腫如球，奇癢無比，許多男生常坐著雙手捧著睪丸揉搓，希冀減少癢的程度，男生都把這個動作戲稱爲「玩蛋運動」。

「官作自有程，舉築諧汝聲！」「男兒寧當格鬥死，何能怫鬱築長城？」

據中共〈山東省回魯教職學員處理委員會接收回魯流亡學校教職學員工作總結報告〉調查流亡學生返回山東的情形，表示：國民黨統治區的挨餓、受凍、被迫當兵的實際生活，使他們（指流亡學生）認識到是受了國民黨的欺騙，他們早已處在徬徨、猶豫之中，另方面是在我（指中共）軍事、政治勝利的影響下，決定了他們不再繼續跟著國民黨跑，也認識到只有向解放區來求學、就業，別無出路。

邊城多健少，內舍多寡婦。作書與內舍：「便嫁莫留住，善待新姑嫜，時時念我故夫子。」長城何連連，連連三千里。報書往邊地：「君今出語一何鄙？」

青島市動員戡亂委員會於卅七年十一月一日發表〈青島市青年工作總隊徵求隊員啓事〉，號召青年加入動員戡亂工作：親愛的青年朋友們，美麗的青島，現在弄成一團亂糟。這由於內在的奸商、貪官、汙吏、匪諜之串通、挑撥；外在的共匪窺伺、封鎖、進攻。這樣嚴重的環境之下，我們住在青島的人，眞是「魚游沸鼎，燕處燎堂」，還可觀望、畏縮和坐以待斃嗎？……朋友：億萬人在期待著我們呢！起來吧！不要稍作躊躇。

起來和奸匪及一切惡勢力作殊死鬥爭。時已至迫，不容瞻顧，請速簽名，共赴義舉。

「身在禍難中，何為稽留他家？子生男慎莫舉，生女哺用脯。君獨不見長城下，死人骸骨相撐拄？」「結髮行事君，慊慊心意關，明知邊地苦，賤妾何能久自全？」

教育部擬定〈山東煙台聯中濟南第一二三四五六聯中昌濰臨中等八校員生安置辦法〉，商得國防部及東南軍政長官公署同意實施，規定要點如次：（一）十七歲以上及齡男生集體從軍，不得任意進退。該項學生保留其學籍，對各年級應修之主要課程，仍得繼續補習，以完成其學業……

6. 春之夢

是誰在窗玻璃上，
畫下了許多綠葉？
你儘可以放聲嘲笑
那在冬天夢見花朵的人。

夜譚——一九四九，澎湖天后宮

現在天已經黑了，雨越下越大，屋頂劈哩啪拉擊打出激越的水花，桌上燭光隨雨聲搖晃，屋外的樹葉嗶嗶作響，蚯蚓在泥流中瘋狂蠕動，海嘯在幾公尺外的岸邊高高捲起，魚蝦在浪尖竄逃。

颱風來了。你說。

這是來自北方的我們第一次經驗颱風。據澎湖當地的居民說，颱風的力量會強悍到將樹連根拔起，將屋頂吹跑，可不知道這座年代久遠的天后宮到底牢不牢靠？你戲謔的舉起食指，敲敲身旁赭紅色的柱子，柱子上面寫著：聖世慶安瀾靈昭蓬島，信徒林月女捐贈。

你抬起手來拽頸，仰頭灌一大口早已冷去的茶，清清喉嚨，你忽然說，當年杜甫遇到的肯定就是颱風吧，安得廣廈千萬間，大庇天下寒士俱歡顏。嘿嘿。一蕊不安的燭火在你的瞳孔深處跳躍。你說，郝福禎，現在的你，大概也很希望這座天后宮的屋頂被吹跑了吧！是嗎？我抬頭看看頭上的樑柱，這麼巨大的屋頂是不可能被吹跑的，頂多只會垮下來，同時壓死你和我，那麼，我們就終於可以獲得平等了。在人生的終點。

這種想法讓我感到一絲快意。在此刻，這個房間裡只有你和我，不知道到底是在天后宮的哪一殿？每次來時，我總是被矇住雙眼，像孩子在玩走迷宮一般，左轉，右轉，直走，再右轉，左轉，到了嗎？這究竟是哪裡？出口在何方？忽然一雙手使勁把我按到椅子上，抽掉布條，我睜開眼，四面牆壁繪滿了密密痲痲的神像，地獄受難，血流枉死城，傳說黃巢投胎轉世爲地藏王菩薩，爲血腥的雙手贖罪。我轉過頭，試著從木窗的縫隙窺探四周，卻只能見到外面一進又一進的屋瓦，八仙默默的站在飛簷上。

然後我見到你。

你總是坐在桌的彼端。桌上的蠟燭洶湧出一沱沱熱淚。你右手拿筆，把一本發皺的簿子翻來覆去，裡面千篇一律記載著：此人有附匪嫌疑，待查。你已經不知寫了幾大本的調查報告，右手的中指因此磨出厚繭。你把簿子翻到空白的一頁，記下時間：民國三十八年九月二十五日。天氣：中度颱風。情緒：空白。你歎了口氣說，再講一個故事吧，郝福禎，再講一個故事，我就讓你活到明天。

我點頭，舔舔乾裂的唇，彎著腰，因爲鐵銬的重量。我們在玩一場天方夜譚的遊戲，故事說不完，我就可以繼續活命下去。

可是說故事是困難的。語言如此貧乏，生命如此單調，而且你又已經疲倦得快要睡著。有時說著說著，我不禁停下來，注視你的唇，我想像你會突然失去耐性，說，好了，不用再講了，故事到此爲止。遊戲結束。可是你從來都只是說，然後呢？再仔細想想，事情一定不只是這樣。

事情一定不只是這樣嗎？

第一次見到你，一盞絳紅的燈籠懸在窗外，你坐在太師椅上，嘴裡叼著菸。夏天的夜晚悶著濃重的汗臭，你的臉如同矗立在你背後的神像般黧黑，而絳紅的燈籠是死去冤魂不甘心的血。你說，以不疾不徐的語調，我知道你的一切，你叫郝福禎，山東流亡學生，家住在平度縣南坦坡村，你父親被日本人抓去修鐵路時炸死了，家裡只剩下母親和妹妹，你屬於煙台聯中，聯中校長是張敏之，三十八年六月，張敏之帶著全校學生從廣州來到澎湖漁翁島，七月十一日，學生被澎湖第三十九師軍隊收編，抗爭無效，八月，張敏之和若干學生因匪諜嫌疑被捕，九月，你被抓到澎湖天后宮新生隊接受思想檢查，我知道關於你所有的一切，可是，你永遠不必，也不會知道我是誰。

然而我卻什麼也不知道。

我抓緊頭髮，腦袋空蕩得好像一個丟到水池中的麵包，不斷膨脹膨脹，發臭的污水流入腦髓當中，攪成白泡泡的稀糊，膨脹起來噎住我的喉嚨，我大力乾嘔。所有字句都從我的口中逃走，逃得一乾二淨。落了片白茫茫的大地眞乾淨呀。我說，我想不起來，眞的想不起來，你乾脆把我殺了吧。

想不起來？你皺著眉，向我走來，把兩條電線綁到我的拇指上，手搖電話機，忽然間我盲了尖銳的銀白刺入我的眼中，我從椅子上摔下來，手腳沉沉的鐵鍊瘋狂抖動如暴雨急響。我大喊，饒了我吧，我想起來了，我全想起來了。然後你露出一個滿意的微笑。

多年以後我才漸漸知道，其實你根本就不要我死，遊戲得靠我們雙方努力延長，去對抗命運這個惡棍。當你將電線綁到我的拇指上時，你的眼中載滿了哀傷，我在你哀傷的瞳孔中看見自己瘦得嚇人的模樣。不過，你一定不知道，強大的電流把我帶到一個怎樣奇異的幻想世界啊，在一剎那，我飛騰入眞空的狀態，我的四肢痲痺，雙眼失明，舌頭掉到嘴外，我突然忘記了什麼叫做被死亡威脅的痛苦，忘記了我們是在一個被海包圍無從逃脫的小島，忘記了黑夜已經過去而黑暗卻仍舊持續沒有盡頭。

電流從我的拇指奔竄到全身。令人忘憂的嗎啡。我張開嘴，我什麼都說。

湘夫人

統治者以語言緝捕我們，而我們也只能以語言對抗。不論罪惡與救贖，一切都得由語言重新開始。

一個姑娘，我說，我想起來了，當我流亡到湖南時遇見一個姑娘。

喔？是她吸收你加入共產黨？你問，眉毛挑得半天高。

不，她只是給了我一碗飯吃，但是。忽然有什麼人在暗處嘆息，空中幽幽通過一縷冷氣，如白蛇在我胸口轉了一圈，我不禁渾身打個哆嗦。

那是在民國三十七年底的湖南，一所廢棄的師範學院。學院是紅磚砌成的歐式建築，外表看起來相當氣派，教育部安排山東流亡學校暫時借住那裡。當時，我們還興高采烈的想著，這幾個月的流亡生涯總算結束了，終於有一個地方可以落腳。可是等到一走進去，院子裡的雜草長得比人還高，藏在草叢中的走獸聽到人聲，紛紛拔腿竄逃。我們一路撥開糾結的蔓草，好不容易才來到建築物的門口，一推開大門，搞不清楚是什麼飛禽或是蝙蝠之類的，嘩啦啦像一陣黑雨迎面飛來，灰塵掉落在頭頂上，一瞬間讓我們都變成了白髮。看到這種景象，大家噤聲不敢說話了。一直到晚上打地鋪睡覺時，才聽到枕頭和枕頭之間窸窣響起耳語。傳說當年共產黨被國軍圍剿的時候，曾經路過此地，把鄰近各縣的縣長、巨商、富農以及仕紳都押到這座學校當中，逼出所有的財物以後，全部就地殺害，不留一個活口。等共產黨走了，學校變成一座廢墟，每逢陰雨天或是傍晚時分，就會傳出哀號哭泣的聲音，徹夜不絕於耳，直到第二天太陽出來為止。

我靜靜聽著身邊的人傳說這段往事，水泥地涼颼颼的冷氣浸透我的脊背，可是已經好久沒有享受過休息的感覺了，我閉上雙眼，想也沒有多想，一下子掉進睡夢裡。

所以日子還是很好過的，因為疲倦和餓。每天都吃不飽，好像也就不會覺得鬼魂有什麼可怕。我早已經習慣死亡在我的身邊徘徊。傳說中哀號哭泣的聲音，我們卻從來沒有聽過，只有冬天的寒風老是停留在窗外呼喊著，彷彿是一個喝醉的流浪漢把木頭窗子搖得咯咯發抖，呼喊著要到屋裡來避寒。然而我們餓得奄奄一息躲在棉被裡，縮成一團，連眼皮都沒有力氣張開。

冬天過去春天來臨。民國三十八年四月，共產黨渡江勢如破竹，湖南省政府向左靠攏，不願意再借糧食給山東流亡學校，而教育部又遲遲不發糧下來，學校幾乎面臨斷炊的命運。校長爲了安撫學生情緒，特地集合全校進行好幾次的精神講話，講到台上台下哭成一團，大家呼起口號，一隻隻細瘦的手臂高舉在空中發抖。可是在大哭一場後，耗盡力氣反倒更覺餓得厲害，有人跑去偷挖田裡的蘿蔔，有人跑去池邊偷抓魚，被當地居民逮著了，沒頭沒臉挨陣毒打。我那時也難免湧起逃跑的念頭，可是能走到哪兒？不都是一樣沒飯吃嗎？留在學校至少還有點希望。於是當飢餓來襲時，我只好像念經般獨自一個人念著，不能再餓了，再這樣挨餓下去不是辦法，我十六歲正值青春期，再這樣餓下去我鐵定活不了。

這種精神勝利法終有失效的時候。有一天，我再也撐不住了，趁休息時間大家不注意的時候，偷偷溜出學校，心裡想著只要碰到有什麼可吃的就好。但老實說，我也不知道究竟還能夠碰到些什麼？那個鄉鎮附近一帶是丘陵地形，我們借住的師範學院就建在山坡上，我一路從山坡滾下來，放眼四望，淨是一個又一個的小土丘，三五人家錯落開來，沒有什麼大的村莊，而那些零零星星的房子裡也不知道有沒有人居住？我一邊滾下山坡一邊想，這下子可慘了，如果等會兒找不到東西吃，我大概連走回學校的力氣都沒有了。我心裡絕望的想著，站住腳，隨便選擇一個小土丘跑去，跑沒幾步路，我的臉就白得像紙一樣，血液好像都從我的腳後跟流得精光，我輕飄飄的邁開雙腳，越過土丘，寬大的衣襬在風裡啪啪的響著，我簡直像是一只風箏，隨時都可以斷線飛走。

我爬上山丘，迎面而來一間灰白色的房子，覆蓋著烏黑的瓦，四四方方，乾淨俐落，乾淨到幾乎感覺不到一絲人煙的氣味。那時大概是下午兩三點鐘吧，四周安靜得不得了。我幾乎不敢抱任何指望，走到屋前，繞牆走了一圈，發現牛欄是空的，可是欄邊下卻留著好大一團發黑的牛屎，還沒有完全乾硬，可見這裡是養著牛的，現在大概被主人拉去耕田了。感謝這團豐碩的牛屎，它讓我重新燃起一線生機。我繼續打起精神繞到屋子後面，屋後歪歪倒倒栽著幾棵瘦小的果樹。就在我專心尋找樹上有沒有果實的時候，忽然聽見嘩啦一陣水聲，我嚇一大跳，回頭一看，原來是個女孩，她就坐在屋子後門的門檻上，全身溼淋淋的，雙手正扭住身上衣服的衣角，一扭就嘩啦一大灘水流出來。

現在想起來是相當奇怪的，那時是春天，天氣還很涼爽，怎麼會出現個溼淋淋的女孩呢？可是我當時實在餓昏了，看見她，想也沒想，馬上跑過去，雙腳一軟，跪在她面前。我說，姑娘，我是山東流亡學校的學生，借住在師範學院裡，我已經好久沒吃飯了，妳行行好，可不可以借我一碗飯吃？

她抬起臉來看著我，瞳孔就像烏黑發亮的煤礦，我在那雙瞳孔裡看見自己瘦得嚇人的模樣。那姑娘遲疑了一會兒，打量我大概不像是壞人吧，她不吭半句，站起來轉身走進屋子裡，過不多久，捧著一大碗米飯出來給我。

湖南人煮飯彷彿有魔術似的，米飯一粒一粒晶瑩飽滿，閃亮的光澤就活像是一隻隻跳動的肥蛆。我捧著飯碗蹲在地上拼命吃著，米飯早已經冷了，可卻是扎扎實實的，一拳頭一拳頭打進我的胃裡。我狼吞虎嚥的吃著，那姑娘仍舊坐在門檻上扭衣服，水流滴哩答啦落到土中，她的嘴裡模糊哼起一首慢拍子的歌謠。

我把一碗飯吃得見了底，用指頭把沾在碗底的幾顆飯粒拈起，塞到嘴巴裡。吃完了，我喘口大氣，站起身，看見油菜田沿著山坡一圈圈盛開金黃色的花蕊，河水蜿蜒穿梭流過，綠色的田金黃的花蕊藍色的河水交織成一幅美麗的圖案，奇怪我剛剛一路走來時怎麼都沒有發現？姑娘繼續哼著歌，搖晃小小的腦袋打拍子，看也不看我一眼。可能是被這幅畫面感動的緣故吧，想起自己剛才像狗一般的餓相，我越想越慚愧，咬緊牙，把碗還給她，丟了句謝謝就頭也不回的跑了。我一面跑著，越想越不可原諒，一面抽手狠狠刮自己好幾下火熱的巴掌。

可是等到第二天，我的胃又開始咕嚕嚕叫了，飢餓的感覺戰勝一切，我想念著昨天下午一拳頭一拳頭打進胃中的扎實與滿足，又忍不住越過山丘，跑到那間屋子去。姑娘仍然坐在那裡哼一首慢拍子的歌謠，身上的衣服一樣溼漉漉的，伏貼著她的胸部她的腰她的背。

那姑娘多大年紀？長什麼模樣？你打斷我的叙述，問。

頂多十五歲吧，下巴尖得像會刺人，臉色很白，是那種透著青綠色的白，眼睛就像圓滾滾的杏子，她的頭髮老是溼淋淋的滴著水，不知道爲什麼，看到她我就想到楚辭裡的湘夫人，是最歡樂的卻也最哀傷。

那你有沒有動過她的念頭？你又問。

什麼念頭？連飯都吃不飽，還想得了這些？

是嗎？你皺起眉說，別扯謊，我了解你們這個年紀的男孩在想些什麼。

我看到他皺眉的神情，就知道接下來會發生什麼事了。他把電線纏到我的拇指上，一瞬間，我幾乎盲了整片銀白刺入我的眼睛，我大喊，是的是的，那姑娘全身溼漉漉的，胸部就像兩粒滾圓的饅頭。

這就對了，共產黨最知道怎麼對付你們這些青年學生，你們根本抵抗不了女孩的誘惑。

你微笑起來。

那是怎樣的女孩呢？我舔舔唇，試著回憶。那女孩有淡紫色的乳頭。她的衣服是薄薄的春衫。我眞想再吃一碗白米飯。我吃完了，把飯粒舔淨，把碗遞給她。她伸出手來，連指甲也是淡紫色的，一朵朵修長的蘭花，她轉身走進屋裡，屋外暮春的陽光曬得我雙眼發昏，春風又綠江南岸，這陽光江南的陽光，把人的血脈都僨張開了的血脈，活蹦亂跳的晶瑩米飯在我的胃裡發酵。我不知怎麼的就跟在她身後走進屋子裡，屋裡陰暗得什麼都看不到，一下子從有光亮的地方踏進去，什麼都看不到，我瞎了，伸手不見五指，可是我聞到一股味道，一股湖水的味道瀰漫過來我朝那方向摸去，像在游泳般划開我的手臂，有什麼東西在水底深處款款招搖著，靜謐的深深水底，我向前方摸索，一把抱住了她，她全身溼淋淋的，我雙手掐住她的胸部。我聽到她喘氣的聲音。我的舌頭像隻蠕動的溼潤的蛆搗進她的嘴巴裡，她的嘴被我撐開來湧出一堆海藻，她的耳朵上覆蓋著苔蘚，她的頭髮是長長的柔軟的水草，她的呼吸宛如冰冷的地泉，她的一雙乳房在我的手指間波動著，波濤洶湧。

抱住她的身體是什麼感覺？

柔軟，非常柔軟，我好像一輩子都沒有摸過這麼柔軟的東西，我每天睡在僵硬的水泥地上，冰冷的棉被像塊木板，抱住她我才知道人的身體原來有這麼好我都快要忘掉了我自己也有身體，我緊緊的抱住她。

然後呢？你做了什麼？強暴她？

強暴？這個字眼多奇怪啊。我不知道這是不是叫做強暴。我把她的裙子拉起來，她的裙子輕飄飄的好像浮在水上，她的褲子不知道什麼時候滑落到腳下，反正她的下體光溜溜的，只生著一叢捲曲的密草，我把她壓到灶上，進入她的身體，她張嘴呻吟起來，全身像波浪一般扭動，分不清到底是她哭了還是我哭了還是我們的汗水，我的臉開始和她一樣溼淋淋的，她的身體是潮溼的軟肢珊瑚，從深處冒出溫柔的水柱沖刷著我。我沉到湖底的爛泥之中。看到她睜著一雙大眼睛，說，安靜喔，這裡是安靜的喔。她的嘴角在水底冒出可愛的氣泡。我攤開四肢失去重量，在那一刻炮戰空襲離得好遠好遠，敵人在帳外唱起楚歌，我的哀歌，我的古老文明沉在水底無聲的水底。

水底

你的臉上漲起潮紅。我看到你的右手放在下體急促抖動，連帶整張桌子也在隆隆的顫抖。再說下去。再說下去。你說，露出哀求的眼神。

那是我的第一次，我發誓。當我射出來的時候，精液好像是射向我自己，我被噴得滿頭滿臉，如炸彈在我的胸膛爆開而瘋狂噴血，就在射出來的剎那我聽見了巨大的水聲，潑啦一響，我冒出水面，忽然有人在我耳邊大喊。我吃了一驚，連褲子都還來不及穿好，踉踉蹌蹌衝出屋外，屋外是刺眼的陽光，我不敢再回頭了，一路奔過起伏的丘陵，衝回學校。

第二天下午，我又偷溜到那座房子。可是這回我沒有看見她，只有個十來歲左右的小男孩坐在屋前，手上拿著一只紙風車轉啊轉。我問他，有個住在這兒的女孩，是你姊姊吧，到哪兒去了？那男孩充滿敵意的看著我，說，沒有，這兒沒有什麼女孩。我說，一個臉尖尖的眼睛大大的女孩呀，頭髮長長的溼溼的披下來到肩膀。我比畫著。那男孩聽了，站起身，往屋子後面走去，我跟著他，他走下山坡，繞過大樹，一轉彎，一個水塘橫躺在面前。

那男孩指著水塘說，你看到的是我姊姊，她早就死了，跳水塘自殺死的，今年春天以後她就越來越少回來了，最近只有你一個人見過她。

我遲疑的走近水塘，一股水底爛泥的氣味湧上來，沒錯，就是這種味道，那姑娘身上的味道，我終於知道她爲什麼總是溼淋淋的了。男孩手持風車面無表情的看著我。水塘中映出我抖動扭曲的臉孔，水平如鏡，而我的湖南姑娘直到現在都還沉睡在水底。

你疲倦的癱在椅背上，臉頰湧起的潮紅漸漸消褪。蠟燭快要燒盡了。你拿起筆，在簿子上寫著：疑點甚多，待查。然後你闔上簿子，把故事留給明天的我們繼續共同編織。但也許是我欺騙了你。那姑娘只是給我一碗飯吃而已，也許什麼事都沒有發生，也許日本人強暴了她，也許共產黨，甚至也許就是我，但這些又有什麼差別呢？

我又被矇上眼睛，帶回天后宮牢房的角落裡，跳蚤狂吸我那幾近乾涸的身子，蟑螂爬入我的頭髮，我閉著眼，夢見那個湖南姑娘捧著一碗飯來找我。她要我別死，努力支撐下去。她手中的飯碗裝滿了活潑肥胖的白蛆，一隻隻跳進我乾癟的胃裡。那股熟悉的湖水味道又飄入我的鼻腔。我從夢中悚然驚醒過來，褲子裡流了一大灘白亮的精液。

我再也無法入眠，趴到窗口，透過木條縫隙看見一輪巨大的月華，足足佔領了半個夜空。他們說天后宮供奉的是媽祖，叫做林默娘，非常好聽的名字，默娘默默的拿盞燈飄過海洋，指引方向，然而我卻總把她想像成是那個捧著一碗白米飯的湖南姑娘。我靠在窗口，可以聽見遠處海濤的咆哮，又如同是樹林在暴風底下招搖，我在黑暗中努力睜大雙眼，彷彿看到漁船漂流在海面上，夏天的陽光照得人流下眼淚，大海閃爍著上等綢緞的金光，黑色的鯨魚擱淺在白色的沙灘上。這個地方究竟是在哪裡？我們已經到達了嗎？我又怎麼會來到這裡的？而出口在何方？

我看到我們從廣州搭船來到澎湖漁翁島，一踏到陸地，我跌了個踉蹌，以爲是從一艘船跳到另一艘船上，這座島小得就和船沒有什麼兩樣。島上一片平坦，瘦小的榕樹稀疏長在村邊，如老人搖搖欲墜的牙齒。風沙漫天。礁石遍地。撲鼻的魚蝦腥臭味。滿滿的蒼蠅。

校長張敏之說，我是帶學生來台灣讀書的，不是來當兵。校長的身影在烈日底下騰騰蒸發。書本被軍隊沒收了，我父母的照片被撕碎，只丟下一套軍服給我們。澎湖司令官說，讀書有什麼用？敵人是用機關槍打跑的，刺刀刺跑的，不是代數代跑的，幾何幾跑的。槍桿子永遠比腦子強。槍聲響起，反抗的學生腦漿塗了一地，蒼蠅嗡嗡飛繞。澎湖蒼蠅多得就像蝗蟲一樣。

許多人失蹤了，沒有人詢問他們究竟去到哪裡？黑暗的夜裡隱約傳來重物墜海的聲音，是唯一的回答。我面對碧藍的海洋，向海中央走去，想像被拋進海裡是什麼滋味？一個大浪打來，又鹹又嗆，海水把我的身子高高抬起，然後緊接著下一個浪頭覆蓋過來，又把我一直往下壓往下壓去，四周變得好安靜好安靜，我沉到水底，僵硬的身軀舒展開來，時間凍止了。那個湖南姑娘從海底深處仰面向我，睜著一雙大眼睛說，噓，這裡是安靜的喔。她的嘴角冒出可愛的氣泡。而媽祖提著燈飄過海洋。

我伸手想去抓她。可是忽然間潑啦一聲，我整個人又被提回水面上，是班長，他一手提起我，在我耳邊大吼，你裝什麼死？還不快起來？我在空中掙扎著，徒勞划動雙手。

我的湘夫人仍舊沉睡在水底。

水底在不安震動著，我聽見她在哭泣。今夜可能就要發生海嘯了，到時整座島嶼都會被淹沒的。你說。燭光在你蒼老的臉上搖晃，窗外風勢越來越強勁，大樹在雨中瘋狂起舞，整座天后宮在瑟縮顫抖，媽祖坐在帷幕後面，默默注視著我們。你說，知道嗎?張敏之已經承認自己是匪諜，馬上就要被槍斃了，上級還要繼續擴大偵辦，調查你們這些學生是否跟他勾結?

所以你向我走來，跪在我的面前，彎下腰，將電線綁到我的拇指上，你的眼神中載滿了哀傷，在黑暗中我看不清你是否流下眼淚。你抬頭對我說，再說一個故事吧，郝福禎，再說一個故事，我就讓你活到明天。

我點頭，舔舔乾枯的唇。我知道你已經非常疲倦了，快要睡著，但是我必須強打起精神，努力再講述一個精采的故事，這次我要講的是一個關於死而復生的故事，好安慰那些徘徊在屋外的鬼魂。颱風在空中咆哮，我們在死神來臨前，繼續編造一個又一個的故事。然而生命永遠停留在等待的狀態。我們坐在火車站的月台上，等待故事的結尾，也等待著故事的開端。

7. 白頭

霜雪很快就會消失融化，
我的頭髮又將變得烏黑，
我驚懼於自己的年輕，
還要多遠才能抵達墳墓？

其實說來說去，一切都是那個叫做郝青海的惹的禍。

當郝福禎從天后宮新生隊出來的時候，已經是冬天，澎湖的海風如針刺骨般酸冷，沒想到南方居然也可以冷成這樣，簡直比北方的下雪天還難受。郝福禎還不知道，這一輩子他就再也沒有見過雪了。等回到漁翁島三十九師軍隊，原來的同學們看見他都嚇一大跳，說，你怎麼一下子變成大人樣，鬍鬚長得這麼長，臉還是原來那張臉，可就是變老了。他們於是對他產生一種莫名的敬畏，好像他是個死而復生的鬼魂一樣。

同學告訴他，一切都平靜了，軍隊不再抓人，大家也漸漸同意從軍才是救國報國的正途。可是郝福禎不相信，他總覺得大家在欺騙他，他離開了這麼久，也許這些人全被國民黨收買了，大家心甘情願的當兵，甚至在操練的空檔嬉戲打架，像一群小狗在泥地上打滾，根本沒有人再提讀書的事。他看大家有模有樣的上刺刀，挖戰壕，在寒風中一雙手凍得發抖，手中的鏟子拿不到兩分鐘就掉到地上，竟也不引以爲苦，他想，這些人一定是被下了蠱，忘記當初校長是怎樣辛苦帶領他們跋涉過半個中國，來到台灣，只爲了繼續讀書，而不是窩在這個鳥不生蛋的小島上面拿鋤頭。

人是健忘而且容易向環境屈服的動物。可是郝福禎不服輸。他聽說青島警察局來到澎湖馬公，那麼舅舅也一定來了，心中便暗下決定。他被安排作副班長，兩個月輪他採買一次糧食，漁翁島完全沒有生產，他必須帶著六個小兵坐船到馬公。第一次去時，他不動聲色的觀察地形情勢。再過兩個月之後，他預先把自己的東西處理好，該燒的燒，該埋的埋，然後搭著船帶六個士兵到馬公。他們買好一簍簍的大白菜，麵條，蘿蔔，罐頭。郝福禎幫忙清點數量，陸續把東西搬運上船，他故意留下最後一簍大白菜在岸邊，帳目清楚寫在一張紙條上，他用紙把餘錢包好，塞在白菜底下，然後大聲喊船上的小兵，說白菜太重，叫他們趕快過來幫忙搬。兩個小兵咚隆隆的跑來，一人扛住一邊就往船上抬。郝福禎把繫在碼頭的船纜用力一甩，噗啦一聲甩到海裡，然後轉身開始瘋了似的向馬公市跑起來。

郝福禎大力的跑著，這幾個月來的軍事操練造就他強健的腳力，他咬緊牙根跑，聽到四周駭人的浪濤，輪番朝他打來，打得他身軀東倒西歪，整個馬公的街道因而在他的腳下扭曲擺動著，變成一條河流，到最後他彷彿失去了自己的雙腳，只是任憑這條河流的力量把他沖刷到一個陌生的地方。有人在喊叫著他的名字，在背後或是在前方，來自左邊或是右邊，他無暇分辨，也無暇恐懼，只有咬緊牙根拼命的跑。

他不知跑了多久，才發覺四周漸漸安靜下來，他跑進一個寂靜的村落。老人躺在門口的椅子上睡午覺，婦人戴頂斗笠，低頭摘菜，小孩子坐在門檻上，瞪著一隻懶洋洋的黃狗發呆。聽到他的腳步聲，他們都抬起頭來，睜大眼睛看著他，好像都知道他是個逃兵，隨時就要衝過來逮捕他。郝福禎恨恨的瞅著他們，想，我可不怕你們。看那小孩連路都走不穩的樣子，老人瘦得不像話，那女人雖然稍肥一些，但一雙眼珠子比黃河的水還要黃。郝福禎想，就算他們衝過來也打不贏他。

可是光這樣想著，還是叫他恐懼得快要哭出來，突然冒出一個幼稚的想法，他伸開右手的拇指和食指，比成手槍狀，放在褲袋中央突起，假裝是一把槍。他把放在褲袋的手指對著街上的每個行人，恐嚇他們：離我遠一點。可是根本沒有人會去注意他的褲袋，大家打了個呵欠，又繼續發呆的發呆，睡覺的睡覺。

他不能一直在路上打轉了，這身軍服太招搖。太陽即將下山，天色漸暗，他隱形在朦朧的暮色中而感到略微心安。他問一個老太婆，馬公派出所在哪兒？那老太婆聽不懂，說了一大串台灣話，嘰嘰呱呱的嚷著，完全不知道在說些什麼，然後又轉頭去呼叫鄰居，把他嚇了一大跳，還來不及等那人出來，就慌忙跑了。他繼續走了許久，乾脆脫下軍服丟在草叢裡，打著赤膊，一直走到太陽眞的下了山。

在馬公派出所見到舅舅時，郝福禎已經又累又渴又餓，幾乎說不出話。乍看之下，舅舅還不敢認他，怎麼十幾歲的小孩變成個又黑又瘦的老頭，頭上還冒出了白髮？舅舅站得遠遠的不肯靠近他。郝福禎急得哭起來，說，舅舅，你要是再不認我，我就眞的會死在這裡，一輩子回不了南坦坡了呀。

舅舅這才聽出他的聲音來，跑向前抱住他，搖頭喃喃地說，眞的是你，你他奶奶的小兔崽子，怎麼頭髮都白了你。

舅舅輾轉透過關係，在馬公的醫院幫他安排一個護士工作。不到一個月，派出所也被軍隊收編，舅舅拿著一本通緝逃兵的清冊給他看，上面赫然有郝福禎三個字。舅舅說，你不能再待在這兒了，趕緊換個名字，弄張身分證，想辦法去台灣吧。可是換名字總不能無中生有，那時醫院裡恰好有個叫做郝青海的人死了，年紀比他還小兩歲。舅舅說，既然都姓郝，你就頂了他的名字逃吧。

郝福禎從此在民國三十八年成爲失蹤人口，而他則代替郝青海繼續在這個世界上活下去。多年以來，總讓他覺得好像是在替別人過下半輩子似的，他怕有一天郝青海會突然向他走來，跟他說，請你把我的命還給我。然而他轉念一想，到底是誰被誰奪去呢？如是想時，他又不禁憎恨起郝青海來。他這一輩子四處流浪，無以爲家，都是因爲他頂替了這個不吉祥的名字，本來該是郝青海受的苦難，現在反而全都算到他的頭上來了。

一想到這裡，他就更加忿恨難平，輾轉反側，難以成眠，因爲這一切，都是那個叫做郝青海的惹的禍。

8. 逆旅

那路把我帶向一個墳場，
我要在此休息，我想。
那綠色的花圈正
邀請疲乏的流浪者，
走進這冷冷的旅店。

一九九九年的冬天，郝青海躺在床上，新店山區夜晚濃重的溼氣裹著他，引得膝關節的風溼痛又隱隱發作。他挪一挪身上那件沉重而陰冷的棉被，在黑暗中睜開眼，今夜將難再入眠。剛才夢中那個沒有五官的孩子，喚醒了他的記憶，他的第一個女人，他的妻子，他多麼希望在只愛她一個人的時候就死去啊，可惜死去的人並不是他。

這數十年如同旋轉木馬，在黑夜裡閃爍著光亮奔跑起來。他忽然發覺，他的人生早在第一次的婚姻裡便已全然顯示，他妻子的出現，彷彿目的只在向他預言未來的命運，可惜他從來沒有聽懂過。一直到將近五十年後的今夜，他才在一剎那間恍然醒悟，原來妻子早就把一切都告訴他了。他聽見妻子在跟他說話，可是只要一回頭，妻子倏地消失無蹤。她在黑暗的地獄裡。奧菲斯哀傷的彈奏著不能再見的歌。

碰到妻子，是他從國防醫專畢業正式服役的那年。當他從澎湖逃到台灣之後，已經錯過大學入學考試的日期，只剩下剛成立的國防醫專還在招生，他發誓決不去考，好不容易冒著生命危險才逃出軍營，如果繞一大圈又回到軍隊去當兵，豈不是笑話？於是他每天在街道上晃蕩，找機會賺錢，等明年大考。午後寂靜的街上只有三三兩兩的黃包車跑過，揚起些許塵土，路邊的小販大聲吆喝著求他買一瓶汽水，蒼蠅在瓶蓋上嗡嗡飛繞，他搖搖頭，小販又安靜下去了，雙手默默向空中揮舞，不知道究竟是在驅趕蒼蠅還是這惱人的暑氣？整個台灣島似乎還沒有從漫長而燥熱的午睡中醒來。他坐在路旁垂著臉，到此已別無選擇了，只好安慰自己說，至少國防醫專不是拿槍桿的，而且制服也比較漂亮。

國防醫專不過念了兩年，學校就迫不及待把他們送入軍伍。他被分派到左營，竟也漸漸喜歡起這身海軍軍服。他長壯了，身體拖延到今天才開始發育，每餐都要吃三大碗飯以上，他胸膛一挺，肩上繡著閃亮徽章，走到城裡，皮靴卡噠卡噠響，神氣得不得了，女孩子都用仰慕的眼光看著他。

他就是這樣認識妻子水月的。休假時他們一群軍官跑到澄清湖玩，大家聚在一起時格外招搖，看見中意的女孩便上前搭訕。水月留著短短的頭髮，是那些女孩們中最安靜的一個，可是他一眼就注意到她。那天水月穿著一條水藍色的長裙，後來在他寫給水月的信中，拿那條裙子大作文章，當然不外飄逸如仙、清新出塵之類的八股老調。水月看了很驚訝，吃吃的笑，因爲那實在是一條再普通不過的裙子而已，但後來水月回信給他，都署名藍裙子，這竟變成了他們之間的密碼。

水月在高雄一間船公司當會計。日後只要他一出軍營就往那裡跑，站在門口等水月下班，一身軍服在陽光底下特別耀眼。水月的同事擠在窗口全看見了，紛紛取笑她，每次等她走出公司的時候，就偷偷跟在後邊擠眉弄眼鼓譟，而水月臉紅得特別厲害，低著頭不敢看他，就像隻渴望跳躍柵欄但又害怕舉步的小羊，只等待他來帶領著東奔西跑。

水月受的是日本敎育，舉止行爲也像個日本女人，總是低頭靜靜的微笑，露出一大截青白的頸子，讓人看了就想狠狠咬上一口。他們在一起時，都是他在說話，不停的說，從山東平度南坦坡村的老家開始說起，說他逃學爬到樹上偷吃蘋果和梨，吃到口裡就化成了汁液不留一點渣，簡直把水果當成開水喝似的，然後又說起他們逃亡的事，從青島到上海到杭州，坐在火車上肚子餓了就抓月台小販的東西吃也不付錢，然後又說他們上萬名學生怎樣坐船顚簸過黑水溝，澎湖慘案他被抓進天后宮受電擊拷打。這些事情永遠也吹說不完。水月瞪大眼睛聽著，她從未踏出過小島，然而眼前的這個人彷彿是馬可波羅，正以一個遙遠而神秘的國度誘惑著她，口中吐出她從來沒有聽過見過的離奇事物。正因爲這個緣故，她毫不考慮並且無可救藥的愛上了這個來自島外的男人。

對於郝青海而言，水月又何嘗不是一個異國女子？每次他聽水月和別人講台灣話，就覺得她好像變成另一個人似的，再也不是原來的水月，還有水月餐餐幾乎不能少的味噌湯，鹹得要命又像黃泥水，水月卻能喝得津津有味，水月聽人說話時總不停點著頭，鞠躬快要九十度，笑的時候老愛掩著嘴巴。她同樣來自一個他所無法想像的世界，他只知道她家在台東，但是在他面前，她卻從來不說她的故鄉。

一直等到他們認識三個月之後，有一天，水月忽然告訴他，她要回台東去了。他才知道，原來高雄這間船公司的大股東就是水月的哥哥，而水月家是台東十大家族之一，家裡有碾米廠、紙廠、木材廠，還有三條漁船。水月向她母親爭取了好久，才准許離家到高雄工作。如今鬧出與他的情事，水月家人全知道了，不准他們繼續來往，因爲他是個外省人，而且又是個軍人。

水月坐在澄清湖邊一口氣說完，她很少說這麼多話，而且又是這麼重要的事情，他聽了心裡惘惘的，沒想到水月是這樣背景的人。他沉默的看著自己的雙腳，把小石子踢到水裡去。水月開始抽抽搭搭的哭起來。他看著她哭了好久，才說，水月妳別哭，妳家的人也是爲了妳好。

他無力的說著，湖面上遠遠的悠游著兩隻鴨子，或者是鵝，他也搞不清楚，他想這個時候居然還有心情管鴨還是鵝，眞是可笑。他幾乎要笑起來，他一笑，心思才警醒過來，水月正坐在旁邊埋頭哭著呢。他又趕緊坐正身子，手不知道該不該去撫摸她哭得一聳一聳的脊背。他猶豫了好久，嘆口氣，其實對他而言，經歷過這麼多生死波折，人生已經沒有什麼不能放棄的了。於是他又把手收回來。

可是這時候水月忽然抬起頭，堅決的說，我不回台東，絕不回去，死也不回去。瀲艷的波光照在水月的臉上，一閃一閃的。

水月逃家了，公司的班也不上，他只好把水月送到她朋友的住處，讓她暫時借住在那裡。她朋友起先安慰著水月，轉過身又氣呼呼的擺臉色給他看，趕他出門。他知道等一下她就會勸水月別傻了，沒有人會贊成水月的。連他自己也不了解，水月究竟從哪裡生出這份決心？等水月死了好多年以後，他才漸漸想清楚，那時水月實在太年輕了，二十歲不到，對生命還充滿了新鮮好奇，但她的世界最遠只到高雄而已，因此來自遠方的外省人滿足了水月的渴望。而且更重要的是，水月眞是個軟心腸的女人，她憐憫他，如果連水月也離棄他的話，他在島上就眞的是個孤兒了。

他離開了水月朋友的住處，回想剛剛水月依戀的牽住他的衣角，彷彿她才是那個孤兒，對街霎時他的心都柔軟下來，淌著溼淋淋的淚。這應該就是愛情了吧。他在街燈底下站住，對街一個賣麵茶的老人推著攤子朝他走來，攤上的水壺冒著熱氣，嘶嘶的響，他看著那團霧在夜中飄散又聚攏，心中忽然激動翻攪起來，他一定要娶她。

他們在法院公證結婚，可是結婚不到兩個月，他就收到調往金門的通知，而同時水月發現自己有了孩子，害喜得厲害，動不動就趴到洗臉池旁嘔吐，原本滾圓的臉頓時削尖下去，身體更形瘦弱了。他不能把水月一個人丟在高雄，想來想去，只能叫她回台東娘家，雖然難堪，但回去當大小姐總是讓他放心些。對這提議水月固執的一逕搖頭，他說盡好話壞話，幫她整理行李，威脅利誘，連拖帶拉，才終於把水月帶到車站，哄她上車。水月怕暈車，臉色格外難看，手中抓著條小手帕，伏在車窗框上，對他伸出一雙手來，眼中充滿決絕悲慘的神氣。他站在車外，握住水月伸出來的手，忽然想起剛認識水月的時候，他到公司門口站崗，水月滿臉通紅走出來的模樣。現在這隻小羊已經越過柵欄了，他卻又要把她送回去。是他對不起她。

他一邊撫摸著她的指端，一邊說，別怕，我很快就會從金門回來，一回來就去台東接妳。但內心卻安慰著自己，現在還年輕呢，將來時間多得很。送走水月，他恢復單身，到金門的日子又彷彿回到澎湖，每天睜開眼睛望見的全是海洋，起先還會感到孤單難安，掛念水月，但久了竟也漸漸麻木。在金門依稀可以見到大陸的邊緣，有人在那塊土地上面走動著，是他的同胞，然而台灣島卻已經全然消失在茫茫大海之中，到底孰者爲眞，孰者爲假？他在大陸與台灣之間漂浮著，哪一邊都回去不了。即便連水月這個人是否存在他都不禁感到懷疑，他一個禮拜才寫一封信給她，既是怕水月的家人，但也是被這種空蕩的情緒所左右，怕根本沒有水月這個人了，一切都只是海市蜃樓而已。

水月倒是來信很勤，告訴他寶寶在她肚子裡面拳打腳踢，她害喜想吃橘子但根本不是季節，只好偷偷溜到果園去摘拇指般青綠色的小橘子來吃，又苦又酸，害她站在樹底下拚命掉眼淚。最後水月終於來信說，生了一個男孩。他當父親了，他捧著信，這眞是難以想像的事情，可是也只能想像而已，對他而言，他的兒子只活在這張薄薄的信紙上面。孩子顯然佔去水月很多時間，她的來信越來越少，又過了三個月，水月來信說，孩子得了小兒痲痹。他正猶豫著要不要請假回台灣時，水月又來了一封信，潦草地寫說孩子凌晨已經死了。他算算日期，那是一個禮拜多以前發生的事。

他請了假，把這些日子以來的信札捆好，一起帶回台灣去。坐在往台東的小火車上，他把水月的信從袋中拿出來反覆地讀，風從車窗湧進來，吹得薄如蜻蜓翅膀的信紙啪啪作響，好像隨時都會從他的手中脫走，他努力壓住信紙，與風的力量拔河，可憐他孩子的一生，果眞只活在這些褪了色的文字裡。

當他到達台東時，孩子的屍體早就等不及而先行火化了。那是他第一次踏進水月的家，鑲嵌在東部縱谷裡的一棟新式洋房，飽滿的山林洋溢出神秘的綠意，那綠彷彿有生命似的，隨時都會張開雙臂向他走來，吞沒他，他的體內因而升起一股莫名的畏懼。他遲疑的推開水月家門，房子外表雖然洋氣，但裡面陳設卻是相當的傳統古老。他到達的時間恰是中午，一大家子人正圍著檀木圓桌吃飯，見他來了，你推我擠讓出張凳子，大理石的椅凳冰冰涼涼的，而水月坐在他的正對面，兩人隔著重重筷子千山萬水，一桌人講的都是台灣話，水月哥哥的小孩手上抓著塊白斬雞肉，好奇地楞楞看著他。這裡唯獨他是個局外人，水月正跟她母親講話，一來一往的，他聽不懂她們在說些什麼，但水月的表情是懨懨的，她的哥哥大聲斥罵起來，水月乾脆放下飯碗，低頭挑著碗裡的剩飯，他默默注視這一切，可是他卻離水月這麼遙遠，連她的傷心都慰問不了。

他只有五天的假，舟車往返就要耗費三天以上，所以他又急急忙忙的走了。走時水月仍是懨懨的，身體更加瘦弱，如果不是她帶他去看那孩子的骨灰罈，他簡直無法想像水月的身體裡面曾經孕育過一個生命，一個他的生命。

他匆匆搭上火車，然後再轉搭船。在回金門的船上，他忽然有一種感覺，他已經失去水月了，水月就在那棟被綠色縱谷所包圍的房子裡，但他永遠也走進不去。於是他蹲在甲板上寫了一封信給水月，開頭第一句話就是，這次我回去妳變了許多，變成個陌生人似的，我幾乎不敢與妳相認。可是寫不了幾句，他又覺得極沒意思，把信紙揉了丟進海裡。他不斷告訴自己不要太多心，只不過是失去個兒子而已，以後還可以再生，最好是等到他帶著水月回山東的時候，生一大群孩子在黃土坡上亂跑。想到這裡他的心彷彿一只氣球，又漸漸地鼓漲起希望。

但是等他回到金門，連最後的這點希望也被打碎了。不到一個月的時間，他就接到水月得血癌的消息。他只好再請假回去，公文層層上遞，批准下來已經拖延不少時日，當他好不容易趕到台東的時候，水月已經等不及先走了。回想他上次回來，竟然就像是特地要見水月最後一面似的。這次他抵達台東的時間又恰逢中午，同樣一大家子人圍著圓桌吃飯，看見他來，你推我擠讓出張凳子，大理石的椅凳冰冰涼涼的，可是這回已經沒有水月。水月是眞的不存在了。他坐下來，忍不住痛哭失聲，雙手不停大力地抹著眼淚。

水月的母親倒是對他反常客氣，要他留下來多歇一段時日。在水月母親的臉上看不出任何悲傷神色，她一慣優雅的坐在桃心木椅上喝茶，然後佇立在門邊送他離開，雙手交叉擺在腹前，微微頷著首，那姿態就和水月一模一樣。他並沒有在台東多作停留，領著水月和兒子的骨灰走了，葬在澄清湖旁邊，就在他們第一次認識的地方。

他又獨自回到金門，沒有告訴任何人他近來所遭遇到的故事，妻與子相繼死亡，未免太過巧合，說出來連他自己也不信，就像是一齣劇情設計拙劣的戲碼。他開始變得內向自閉，整天只是沉默地望向海洋，想起水月的家，他總是孤身一人來去，水月的母親，一個面容堅硬寒酷的老婦人，還有水月懨懨的神氣，自己那個未曾謀面的兒子。他繼續沉默地望向海洋，海洋對面的陸地仍有人在走動著，兩邊砲口相互對峙，戰火的氣氛在逐漸增溫當中，但他不害怕，只覺得寂寞得快要發瘋，巴不得有顆砲彈落在他的頭頂，一切都將在瞬間宣告終止。

可是海面上偏偏什麼也沒有發生，軍艦靜靜定止在遠方，波濤不興，只有碎浪反覆而規律的拍打沿岸，以及他繼續沉默地望向海洋。青海這個名字果然不好。他從此被海包圍著，成爲島上的囚徒，澎湖，金門，台灣，被閉鎖在這島與島，島與島，島與島。

9. 幻日

啊，你們不是
我的太陽！
請照耀別人的臉去吧。

戰爭並沒有發生，日子越來越太平，太平到大家都忘記了還有對岸的存在。一九九九年，郝青海在夜裡翻了個身，遺憾的想，如果當初那場戰爭發生不知有多好，索性把他炸死，埋在戰場，那麼就不會有日後那段短暫的婚姻，還有數不清的吵鬧不休的女人們，結果到頭來沒有一個人及得上水月的十分之一。雖然他已經完全想不起來水月的長相，除了那條藍裙子，吊在衣櫥裡的，穿在水月身上的，洗了以後掛在陽台的竹竿上，曬著午後安靜的陽光。一隻貓獨自走過鄰居的屋瓦。

他的人生被水月切割成兩半，在水月之前他不斷行走遠方，拚命活下去，然而在水月之後他卻一直原地打轉，再也沒有出過這座小島。一九四九年的郝福禎仍在馬公街上奔跑，跑了整整五十年，才發現他原來身在圓形運動場的軌道上，環繞一圈的看台觀眾早已經離去，只剩下他一個人還在舉步向前跑著，鞋子輪番打在地面上，擊出巨大而空洞的回響。

郝青海在一九九九年的午夜中醒來，置身台北新店的山區裡。山坡地密密麻麻豎立起樓房，濫建後剩餘的土石隨意堆放在路邊，樹根暴露出來，像垂死老人的手爪。大雨一下，泥水淹掉半層樓，到現在他的房子牆上還清晰可見一道黃褐色的橫線，標記著當時淹水的高度。可是他總覺得那水其實未曾退去，整間屋子似乎一直浸泡在冰冷的泥水裡，他的手背因而浮起一點一點的霉菌。

這周遭實在太潮濕了，潮濕到有天早晨他醒來，睜開眼睛，居然看見枕頭上長出一朵香菇，昂然挺立在他的耳邊。他起先是驚異的望著它，端詳許久，這恐怕是這棟屋子裡除了他之外，唯一還能夠展露出強烈生存意志的事物。他竟捨不得把它摘掉。

一九九九年台北的冬天陰冷而漫長，已經許久不見陽光。郝青海闔上眼睛，屋外仍是非常深沉的黑夜，他必得再努力睡去。晚安。他於是對疲倦的自己說。然而這一段旅程尚未結束，遙遠的故鄉已經變成異鄉，他只能不停地走著，繼續環繞一座被海包圍的島嶼，一座冷清的旋轉木馬，一座觀眾缺席的寂寞運動場。

餓

晚上，爸爸打電話來，告訴我一定要看「二一〇〇，全民開講」，因爲今天主題是兩岸關係，他非叩應進去不可。

我打開電視等候。張雅琴的一張闊嘴還在播報桃園火災中壢車禍台北搶案，螢光幕上一片刀光血影，我才眨兩下眼不知不覺就睡著了，等到眼睛再睜開的時候，發現爸爸居然圍著條可笑的熊寶寶圍裙在電視上做菜。

「爸，你搞錯了。你要參加的是『全民開講』，不是『全民開伙』。」我趴在螢光幕上說。

「可是，你不是最愛吃我煮的麵嗎？」爸抬頭看我一眼。

「那是小時候的事了，我根本不記得你煮的麵是什麼味道。」

「噓，別吵。」爸突然臉色一正，「攝影機快要照到這邊了，我再煮一次給妳看，這可是最後一回，妳要好好看清楚。」

各位電視機前面的觀衆朋友，大家好。今天我非常幸運，被製作單位抽中，來爲各位示範一道菜。我沒享受過什麼好日子，也沒煮過什麼好菜，可是既然來到這裡，還是得拿出生平唯一的絕活兒，向大家請教請教。這項絕活兒說出來很簡單，就是大鍋麵，這是我這輩子最常吃的一道菜了，可是坦白說，自從我在山東出生，十六歲離開老家，一路跟隨學校流亡來到台灣，幾十年來，我所有的回憶和生命簡直都跟這道菜糾纏在一塊兒。想當年我離家的時候，正值青春期胃口特別好，全身上下好像只有舌頭是活的，其他器官全死了一樣。但你可別小看嘴裡這條肉，每晚我睡在床上，手腳累得幾乎脫離身體，失去知覺，卻只有這條舌頭還失眠得厲害，像個巨大幫浦似的，在我嘴裡不停打出源源的酸水。有一回深夜，睡在我隔壁床的小五就把自己的舌頭給咬了，流出好大一灘血，我們忙著幫他急救，卻看見小五的一截斷舌還在不甘心的啪嗤啪嗤跳動，想要去吃自己的血。就這麼幾年折磨下來，飢餓把我的胃鑽破了一個無底洞，讓我這輩子從來就沒有吃飽過，也彷彿從來沒有長大過。

我把電視轉到別台去，看到一個香港肥仔，圍著條雪白的圍巾，把麵包撕開沾紅醋酒橄欖油，然後用叉子將綠色羅曼沙拉葉拌白色硬起司脆片送到口中，然後喀嗤喀嗤的大嚼，然後切開肋眼牛排，然後挖起一湯匙巧克力奶油泡芙，然後再嚥下一口白酒，然後他面對攝影機用廣東國語反覆的說「好吃，好吃」，然後開始大聲嘔吐起來。

我又轉到下一台「做點心過一生」，一個女孩戴著白手套和白帽，像製造生化武器似的左手拿著玻璃量杯右手拿著小茶匙，正在說明糖和水和奶油和醋的比例。我又把電視轉回爸爸的頻道，看見爸正在揉麵粉。

「爸，你到底要幹嘛？」可能是鏡頭正對著他，他竟不理睬我，兩手狠狠掐住一團麵粉，和它有不共戴天之仇似的。

過了幾秒，他才抬頭瞪我一眼，小聲的說：「妳剛剛跑去哪兒了？可要仔細看好。」接著燈光打在他的臉上，鏡頭改爲近距離特寫。

做大鍋麵的時候，首要的是麵條。你可以上市場去買，譬如南門市場走進去到底左轉，就有一家麵食做得相當道地。但是，在我們老家可不時興這一套，想吃眞正的好麵，非自己動手擀不可，張家的麵和李家的麵吃起來，口味絕對兩樣。從小我就是拿擀麵棍長大的，訣竅無他，手勁必得拿捏恰當，功底深厚的話，不管擀麵棍是圓是扁，用杯子照樣能夠擀出一手好麵，就像武林高手拿樹枝也能奪人性命一樣。至於要擀出什麼樣的麵呢？這學問可就大了。在我們老家吃的麵條分成兩種，一種遠近知名，叫做大柳麵。大柳麵是寧津縣大柳鎮的特產，從乾隆年間到現在，已經有兩百多年的歷史。這麵是怎麼傳到我們村子裡來的呢？根據老一輩的說法，大柳麵原本是一樁傳子不傳女的絕活，當年大柳鎮有個姑娘嫁到我們莊子裡，結果不出半年，偷了漢子，還懷上個雜種，她婆家的人吵著說非要把她吊死不可，千里迢迢把她大柳鎮娘家的爹找來，她爹於心不忍，提議拿出這項絕活來換她的性命。從此，大柳麵就這麼傳到我們村子裡，而且又多出了一個別名，就叫女兒麵。

大柳麵的特點在擀成的麵片如同白布一樣，搭在鐵絲上面也不會折斷，製成的麵條軟韌堅滑，細如粉絲，長達數尺，煮熟之後更是韌而有勁，號稱弦麵。如果當天吃不完，麵條放到第二天仍然不糟不爛，色味如初。這項絕活傳到我們莊子以後，依舊維持傳子不傳女的規矩，甚至傳說女孩子學了，就會招惹不祥。老一輩的都堅持聽過夜半時分那個女子一邊擀麵，一邊偷偷哭泣的聲音。當然，以他們的年紀，聽到的多半是個鬼魂而不是眞人。不過在我們村子裡，女兒麵這個稱呼也含有生命堅韌的意思，要是哪戶人家出了個性情倔強的女子，老一輩的就會嘆口氣說，她天生就是個大柳麵的命。

我爺爺把大柳麵的技法傳給我老爺，也就是我爹，他在我十歲那年就死了。他每次作大柳麵都引起全村的人圍觀，但他從不急躁，趴在桌板上從從容容的，把麵擀成一張雪亮的大棉被，無須等到麵條下鍋，整間房子就已經充滿了白花花的麵香，這香味便成爲我對我老爺唯一的記憶。可惜這項絕活我還來不及學會，他就被日本鬼子拉去修鐵路，炸死在山東一個不知名的小縣。

所以今天我要在這裡介紹的，是另外一道福山拉麵。說起這福山拉麵就更有傳統啦，明代程敏政寫〈傅家麵食行〉說：「傅家麵食天下功，製法來自東山東，美如甘酥色瑩雪，一匙入口心神融。」說的就是福山拉麵。在我們平度縣城裡有間「傅家麵館」，一進門，一道石灰牆迎面打來，上頭就用毛筆歪歪倒倒的寫著這首詩。不過，整個城裡的人都知道這家人不姓傅，也沒人揭他招牌，大家顧著大排長龍等吃麵。這間麵館只擺得下三張小木桌，一碗麵吃下來，客人被灶火薰得滿臉都是黑煙，走出麵館，就剩下一張油亮油亮的大嘴，一打開，對你噴出蒜味沖天的飽嗝。

小時候我老娘帶我進縣城玩，買兩根油條就打發一餐。每回在街角買了油條，她就帶我站到傅家麵館的門口，一邊吃油條一邊看師傅拉麵。那師傅和我老娘是遠房親戚，也不驅趕我們，一邊拉麵一邊閒扯鄉下老家的人事。有時候他還會偷偷多煮一小碗麵，澆上醬黑色的滷汁，就叫我拿去一旁溝邊蹲著吃。所以論起拉麵，可以說是我的祖傳本行，現在就示範給各位觀衆看看。

這拉麵首先得用水、鹼、鹽和麵粉揉成麵團，放在盆裡擱個十分鐘，然後取出，放在案板上揉勻，搓成長條的麵坏。拉的時候兩手握住麵坏兩端，照這樣提起，邊甩拉邊扭轉麵坏成麻花狀，經過數次後使麵坏順勁，撒上撲麵開始伸拉，每拉一次爲之一扣，然後對折兩頭合攏，再行伸拉，條數隨折扣加倍，麵條也就越拉越多，拉成麵條以後，立即掐斷麵頭，甩入燒沸的水鍋裡面煮熟，然後撈盛碗內，澆上湯汁就算大功告成。

「爸，你這輩子唯一煮麵給我吃的那次，都煮糊了。」我看著他把麵條丟到鍋裡，忍不住提醒他要注意火候。「那年我才四歲，打破了一個碗。因爲燙。還好媽媽出差到台北去了，把我托給你照顧，否則我一定會挨打的。那時候我還不知道你們早在兩年之前就已經離婚。」

「那回我煮麵故意不放雞蛋，因爲妳不愛吃蛋黃。妳還記得中學時我帶妳上街吃麵，切了一盤滷菜，我特地把蛋黃挑掉。」

「我當然記得那件事，我本來以爲你會帶我去吃頓大餐的，但沒有想到是吃路邊攤，那是我第一次對你感到失望。」

「我記得妳最愛的是荔枝。妳媽媽省錢，每次買荔枝都買散枝的，但我去看妳們的時候，都會買整整一大串。還有每年妳過生日，妳媽媽都買沒有奶油的布丁蛋糕，而我買的都是巧克力蛋糕。不過，那都是過去的事了，現在我啊，」爸爸提起全是麵粉的手，抹了一下額頭，「眞是一年不如一年囉。」

「沒關係，我不在乎。我已經很久不吃巧克力，怕胖。還記得小時候吃完荔枝捨不得，就把子放在桌上，沒事拿來吮一吮。圓圓的荔枝子在桌上排成一整列，媽媽看到還以爲是德國蟑螂。」

「妳媽媽根本就不懂得什麼叫做吃。從小到大我沒在身邊教妳，今天妳可要仔細的學好了。」他一邊說，一邊像變魔術似的，雙手不斷抖出雨絲般的白麵。

這麵條好不好吃，單看揉麵的工夫，識貨的人一眼就看得出，說到這裡，不禁讓我想起我老娘和我老爺的故事。現在我一邊拉麵，一邊就說給大家聽聽。想起我老娘，也就是我媽，和我老爺結成親事，就是因爲她揉得一手好麵。那年我老爺十八歲，到隔鄰的小張戈莊去找他四舅，恰好碰到我老娘坐在門口揉麵。那時我老娘才不過十六出頭而已，綁著條大油辮，辮子尾巴繫朵紅花，再也沒有比這更美麗的打扮，配上她一張粉紅的臉滾圓滾圓的，一雙胳膊結實又有力氣，我老爺看見馬上賴著不肯走了。

他說，姑娘，蒸饃饃麼？我老娘抬頭瞟了他一眼，啥話也不說，哼了一聲又繼續幹活。

我老爺又開口了，姑娘，妳這麵揉得可眞結實。我老娘又瞟了他一眼，還是繼續幹活，但是這回她頭垂得更低，一雙胳膊使得更起勁，手臂不由的往胸口擠去，她低下頭，從衣領的縫隙中瞧見自己那對沒有曬過陽光的雪白乳房，擠出一道深溝，她抬起手來在胸口亂抹一陣汗，不知是故意還是怎麼著，波的綳開了第一顆鈕扣。

我的老爺馬上知道這是什麼意思，他笑嘻嘻的坐在地上更不肯走了。我老娘繼續坐在那裡揉麵，一直揉到天黑，她才開口說，你再不走，我老爺老娘可要回來了。他說，我不走，除非妳答應送給我一個饃饃，我等下還得走回南坦坡村去，天黑又冷，揣個饃饃在懷裡，好當暖爐。我老娘咬著唇，一雙晶亮的眼笑吟吟瞅著他，說，好吧，等會兒你看見後頭這個房間點上燈，你就靠到窗口來。我的老爺果眞這樣做了，燈一點著，他湊到房間窗口，從窗縫中他悄悄瞧見屋裡的炕上攤開來一張紅被，還來不及細看，一隻滾圓的胳膊就忽然推開窗戶，差點打得他滿頭滿臉，他沒時間喊痛，一雙肥潤的手掌便朝他懷裡狠狠塞下了兩個饃饃，慌亂中他趕忙朝空摸一把，又暖又滑的，也不知道摸到的究竟是姑娘的饃饃還是胳膊。

那天晚上，他走在回家的路上，一面揣著饃饃，一面想點燈房間裡那床火紅的被褥，她手伸出來的時候彷彿有蘋果花的香味，指尖上還留著捻斷大蔥的氣息，他懷裡一對又鬆軟又結實的大饃饃，讓他想起一對冒出熱氣的奶子，他忽然覺得半刻也等不及了。他回到家中，一雙饃饃被他的胸口熨得滾燙，他拿出來分一個給他的老爺吃。他的老爺咬了一口，化到齒縫當中，竟然湧起濃濃的奶味。他的老爺瞪大眼睛問他，哪裡得來這麼好的饃饃？因爲他老爺不知道有多久沒有嚐到奶香了，不管是老娘的或是老婆的。他遂得意的笑出一排牙齒，說，這是你未來媳婦做的。他老爺不禁吃驚的張大了嘴。

因此我老娘一直以她一手揉麵的好工夫自傲。可惜她一生中並沒有幾年的好日子可以一展長才，結婚沒有多久就遇到荒年，然後日本人、共產黨，接著是土改、大躍進，她的手指幾乎忘記了撫摸一團軟呼呼的白麵是什麼滋味。鬧飢荒的時候，她學會把僅剩餘的一點麵粉，和上泥土、高粱、小麥和石頭，到後來泥土越放越多，她不得不使出最高明的揉麵技巧，讓瘦得眼睛突出來的孩子們啃在嘴裡不會咬得牙酸，吃得胃疼。一直到最後連泥土都沒得攪和的時候，老娘跌坐在滿是石頭的地上放聲大哭了，抓起多年沒洗的衣角輪流抹著眼淚和鼻涕，她終於想起了老爺。

「還好你老爺死得早。連饃饃都沒得吃，人還活著做什麼？」不知過了多少年，老娘吃飯時總還鬧性子說。

這是八七年兩岸開放探親，我從台灣回到山東老家去看老娘，提起這段她又抓起衣角來抹眼淚。四十年不見，老娘的牙齒已經全部掉光，胸前的饃饃也已經乾枯，收縮成為兩條無精打采的肉垂。不過她還是記得怎麼樣才能擀出一手道地的好麵，雖然她的手臂細瘦的就像冬天的蘆葦，她一面說，一面在空中比畫，上下揮舞，埋怨我的妹妹麵揉得不對。「眞是不像話，多少年沒有吃過眞正的饃饃了。」她忘記自己已經沒有牙齒，還癟著嘴在我的耳邊嘟囔，說妹妹這些年來吃慣了大鍋飯，什麼也沒學會，除了生小孩、喝酒和抽菸。

還好我老爺死得早，所以少受幾十年的飢餓。當他踩到地雷被炸死的時候，屍首成了一團燒焦的肉醬，我們沒見著，還是聽村子裡和他一同被抓的鄰居逃回來說的，害得我老娘在日後一見到肉就反胃。不過，幸好那時在鄉下也沒有什麼肉可以讓她看見。

關於肉，我們一直知道得非常少。小時候每回碰上村子裡趕集，就看見豬肉攤上擺著一大垛一大垛白色的豬脂，旁邊是成堆的豬骨頭，上面沾著少許的肉屑，紅艷艷的招來一批蒼蠅在上面嗡嗡圍繞。每回老娘說買肉回來，其實就是指骨頭上面沾黏的那點肉屑，讓我們的舌頭偶爾也能沾沾肉味，而這就是我對於肉的全部了解。

等到後來戰亂時局不好，我離開老家，跟著中學遷移青島，然後又搭安達輪到上海，經滬杭鐵路到杭州，再往株州，南下渡湘江至湘潭，然後輾轉到廣州，沿路所見不論是人或畜生的屍體，直挺挺的躺在太陽下任憑曝曬，全身的骨肉都乾涸了，乏味到連蒼蠅都不想飛來。所以骨頭是不能久擱的，我的老娘就曾經說過，殺豬以後，骨頭千萬不能擱，一擱豬的魂魄逃走了，骨頭也就變成了木材，再怎麼熬也熬不出肉味來，所以必得要趁骨頭還溫熱的時候，趕緊把它丟到鍋裡，這樣才能把豬的全身血肉靈魂一併煮進去。每回老娘到市集中挑選骨頭，總是站在攤前，閉目輕輕握住一把骨頭，那神情就像是在爲病人把脈似的，用指尖試它的脈動和體溫。但是這個方法可是天大的秘密，老娘偷偷告訴我，這是她老娘傳授給她的，從沒別人知道過，只除了我。

老娘的理論養成日後我喜歡吃骨頭的偏好，不論豬或雞的骨頭拿來，熬得爛透，在口中咬酥，簡直比上等肉的滋味還要鮮美。因此今天做這道大鍋麵，第一要緊的是麵，第二要緊的就是湯，熬湯非得要骨不可。不過話又說回來，我生平喝過最好的湯，卻不是我老娘做的，而是出自於一個山西人之手。那是在共黨佔據北方以後，我們跟隨學校離鄉背井、倉皇南下的時候，沿途經過村落，幾個同學就分成一組，四處向民家打尖討糧，而每回我都跟一個山西人分在同一組。

其實當我們南下時，這些鄉下的民家早就被軍隊掏空，窮得一乾二淨了，鄉民一看到我們，七湊八湊，也頂多只能湊點稀粥給我們吃。那個山西人年紀比我們大，胃口出奇的好，鬼點子也多，一雙眼睛長得特別渾圓，瞪起人來就像是兩輪車燈發光，裡面不知打轉過多少主意。有一回夜半，我起來上茅房，在黑暗中摸了半天，找不著方向，忽然聽到吱吱喳喳的聲音在腳底下響起，響得人心底發毛。我壯起膽子，彎腰一看，恰好和那山西人對上臉，嚇得我唬一聲往後跳了好大一步。原來他不知道打哪兒偷來一個羊頭，趁夜半時分獨自躲在樹底下啃。他那副模樣眞是嚇人，躲在樹底下兩隻眼睛發著青光，我一瞪眼，才看清楚原來是一對羊眼在發光，然而他抬起頭來，那雙眼就和羊眼一模一樣，教我一瞬間不禁連打了好幾個哆嗦。

這個山西人本來不屬於我們山東流亡學生的隊伍，可是不知怎麼，他混到一個學籍，硬是濫竽充數進來，雖然斗大的字識不了幾個，可是在逃難的時候，誰管誰呢？反正隊伍拖了就走，停下來就拿出小板凳，大家有模有樣的上課。這山西人也一本正經的跟著我們抄筆記，看到這個月學生沒公糧了，就嚷著要走，要鬧學潮，可是一聽說學校想辦法要酬發糧食下來，他又乖乖不吭氣，安分的坐在板凳上抄書。「哪兒有的吃，哪兒就是娘。」他對我笑嘻嘻的說。

他年紀大見多識廣，骨頭湯的熬法，就是他教給我的。有一回我們偷偷溜去田裡挖蘿蔔，可是想到煮清湯蘿蔔，我的胃就在肚子裡冷得扭曲起來。山西人說，這不打緊，他去想辦法，弄幾根骨頭來熬一鍋鮮美的蘿蔔排骨湯，給我們打打牙祭。我們聽了，誰也不相信，那時我們停駐的村莊才剛剛經過炮戰洗禮，連條野狗都沒有，凡是可以吃的生物大概都從這塊土地上絕跡，要上哪兒去找骨頭？果然那天晚上，山西人偷偷喚我們起床喝湯。我看著那鍋湯，想到今早在附近的墳場看到有人披麻帶孝，草草挖了個淺坑，埋下一具棺材，那棺材看起來就像是用爛掉的門板釘成。我記得那個時候山西人還特地停下腳步，回頭多瞧了好幾眼。我不禁懷疑的看這鍋湯，不敢下箸，然而大家卻嘩的一聲搶開了，舌頭燙得嗜嗜亂叫。這湯的香氣可眞是逼人啊，我忍不住，也跟著喝了一大碗，又接著一大碗，嘴唇都被燙腫了，舌苔也被燒掉一層，血液從我的心臟奔竄到四肢，一直竄到腳底板的厚繭，然後又迅速回頭，向上直衝我的腦門，這種感覺眞的是打死我也忘不了。

骨頭與蘿蔔，我這輩子恐怕沒有吃過更美味的東西。那山西人說，骨頭千萬別用刀去斬，否則刀的鐵鏽味走到骨頭裡，這湯就要毀掉一半，所以最好是用刀的木柄擊碎，趁骨髓正要流出的時候，趕緊丟到鍋裡，然後蓋上鍋蓋慢慢的熬。後來我才知道這種煮法也是向我們山東人偷來的，《齊民要術》記載：「搥牛羊骨令碎，熟煮，取汁，掠去浮沫，停之使清。」說的不過也就是這麼回事。但為什麼我老疑心那山西人給我們吃的是人骨呢?山西頗富盛名的一道菜叫「太原頭腦」，以羊肉佐以黃芪、山藥、藕根，再和上麵粉調成湯，加入黃米酒一同煨煮，吃時佐以醃老韭菜，特別具有滋陰補陽、抵抗寒喘的功效。至於為什麼菜名叫做「頭腦」?因為發明這道菜的人是個反清復明的志士，店名「清和元」，菜名「頭腦」，就是要吃清朝統治者頭腦的意思。

「什麼最補?當然是人腦最補!」山西人把這道菜講給我聽的時候，還津津有味噴得下巴全是口沫。既然人腦吃得，那人骨又算得了什麼呢?

不管我當時吃到肚子裡的究竟是什麼，反正如今再回頭往前看，我好歹也撐過了這大半個世紀，為了苟活這條爛命，有什麼東西不能往嘴巴裡頭塞?整個二十世紀的中國，我起碼走過了一大半，就像我爐子上煮的大鍋麵一樣，酸的鹹的辣的甜的嗆的膩的苦的硬的軟的黏的，骨頭、樹皮、麵粉、泥土、肥脂、豬、狗、雞、馬、羊、白菜、豆腐、石頭、高粱、番茄、土豆、蔥、大蒜、蛇、蛋、甲魚、柴魚、米酒，有什麼東西不能往這個鍋子裡頭攏?我敢拍胸脯保證要讓你吃得五味雜陳，而且別無選擇。

現在眼看著爐子上的這鍋湯就快滾了，我將近七十年的歲月也就這麼過去了，這湯冒起來的熱氣衝到我的老花眼裡，逼得我流下眼淚。這熱氣讓我想起十六歲時坐在開往南方的火車上，把一雙凍僵的手伸到窗外，去抓冬天稀少得可憐的陽光。一雙凍僵的手伸出去，伸得長長的，抓住了月台上小販叫賣的食物，也顧不得是什麼東西，就直接往嘴巴裡頭塞，付不出錢來，小販氣得追著嘟嘟叫的火車，邊跑邊罵。我一雙手伸出去，抓住了冰冷的饅頭，一咬下去全碎成粉屑，包子餡裡頭的肥油結成冰塊，卡在齒縫間，還有硬的像根棍子似的香腸，木頭似的燒雞，咬斷了我的兩顆犬齒，但是我的胃卻管不了這麼多，它整天像個無底洞般張大了口，永遠也塡不滿。那時的我是多麼年輕，幾天幾夜沒睡覺，車窗上映照出來的仍然是一雙炯炯有神的眼睛，可是，再怎麼神氣，腦子裡頭還是淨想著吃一碗熱氣騰騰的麵，裡面放什麼東西都可以，豬、牛、羊、骨頭、麵條、青菜、雞蛋，再加點蔥花、大蒜、油汪汪的辣椒，熱氣呼嚕一下子就撲上你的鼻子眼睛，薰得你流出眼淚和鼻涕，燙得舌頭發麻，就算從此失去了嗅覺和味覺，也不會感到可惜。

可是，那時開往南方的火車卻不知道這些，它只顧轟隆隆的吼著，往未知的前方無情奔跑。我和一群不超過十六歲的孩子擠在火車肚子裡，腦海中卻把這鍋大雜燴湯來回煮了又煮，煮了又煮，煮了又煮，羊肉爛了，再加上白菜，白菜爛了，再加上紅蘿蔔，紅蘿蔔爛了，再加上栗子，栗子爛了，再加上豬腸。

「就要趕不上火車了。快點快點。」爸爸忽然放下手中的湯勺，焦慮的催促著我。

「爸，你的湯還在爐子上面滾呢。」我站在電視機前，猶豫的看看身上的睡衣，提醒他說。

「這湯我已經熬了幾十年了，熬得越久越有滋味。但火車可是不等人的，我知道妳怕火車，妳小時候有次到車站送我，站在月台上，就是皺著眉不肯抬頭看我。」

「我最怕煤油的味道，還有車廂裡那股便當味和尿臊味。」但話還有沒說完，我就發現自己已經站在月台上，身邊突然湧出一大批軍人、難民，還有十多歲的學生，他們擠在月台的邊緣。有個五歲的孩子貼著我的大腿，手裡拿個發黑的饅頭一邊啃著，口水滴滴答答的流下來。

「妳快點跟我來！」爸爸一轉頭，忽然就變成十六歲的少年郎，他對我招手，聲音裡有一股異樣的輕快：「這班車是專門爲流亡學生開的，現在難民太多了，根本靠不了站，妳得快點跟上來！」

「爸，我不去了，我餓。」我紅了眼，突然想起晚飯還沒吃，我在月台上站住不動，使盡力氣對擠在前頭的他大喊：「老實說，我對你的記憶都跟食物有關，饅頭、餃子、牛肉餡餅、大滷麵、槓槓頭。可是那些食物都放太久了，冷了，咬都咬不動。」

「妳沒吃飽怪我，那麼我怪誰呢？」爸氣急敗壞的轉過身來，想要拉我：「妳快點跟我上火車呀！我保證會讓妳吃飽三次的。第一次是我們到了杭州，政府準備好幾千簍的大白饅頭，沿著西湖排開。第二次是到了蘇州，我會帶妳上街吃館子，那個老闆看我們是窮學生，免費讓我們吃一頓，這個消息傳開以後，成千上萬的流亡學生都跑到他那兒去，隔天整個城裡的餐館都因此關上大門。第三次是到了澎湖，我偷偷用褲子去換一條鹹魚乾，隔兩天，妳媽媽拎著那條褲子來還我。那是我第一次與她認識。」

「爸，可是你根本就不應該搭這班火車的，如果你不搭，就不會到台灣去，也就不會有了後來的我。」

「我知道，我當然知道。」一轉頭，爸的臉色黯淡下來，又變回七十歲的老人，他竟站在月台邊掩臉痛哭起來：「可是我好餓，眞的，妳知道我有多餓嗎？如果不是餓，我就不會離開家鄉，一路跟著學校走，就像那個山西人一樣。如果不是餓，也就不會遇見你的媽媽，遇見後來的許許多多人，如果不是餓……」

火車汽笛發出高亢的鳴叫，匡噹一聲巨響，黝黑的車輪嘆出一口長氣，開始轉動。我和爸爸愣在月台上，看到火車頭後面拖著的居然不是車廂，而是一個接一個，播放著不同節目的巨大的電視螢幕：頻道一，台灣龍蝦的五十種吃法；頻道二，TVBS整點新聞；頻道三，伍佰演唱會現場轉播；頻道四，Discovery帶你享受寰宇美食；頻道五，蘇州大閘蟹挑選秘訣大公開；頻道六，親愛的，你今夜寂寞嗎；頻道七，華西街夜市殺蛇實況報導；頻道八，李濤說，稍待片刻，我們馬上回來……

「等等我呀！」年老的父親突然嘶吼一聲，瘋了似的狂奔起來，他伸長手想去拉住車門，因蒼老而變得特別尖銳的嗓子哀號著：「別走，別走，我還有話要說……」

情人們

自從我離家在外後，就很少回去了。

每次回去卻感到那間屋子正在急速的腐敗當中。是因爲時間嗎？日子和從前一樣分秒流逝，但爲什麼以往就不曾察覺呢？腐敗的氣味不知道由哪裡發生，繼而便悄悄的佔領了整間屋子。對了，除了氣味還有顏色，空氣中彷彿到處都飄散著濛濛的黑霧，霉菌的斑點從浴室一路爬到客廳來，而落地窗簾垂掛著死亡的氣息，我每次看到了總是惋惜，心想，早知有此結果，當初也就不必枉費苦心，在烈日底下沿街挑選了好久。如是一想，就更加懶怠下來，失去了更新它的衝動。

玄關牆上懸掛一幅康定斯基的海報，也已經褪了顏色。那是當年剛搬進來時特地買的，畫中母親牽著小女孩，正好符合我和母親，我們兩人共同的家。可是等到掛上去以後才發覺不祥——那畫中的人沒有五官。姊姊的小孩來玩時總是問，爲什麼她們沒有臉呢？

於是不知從何時開始，我回到家門口，都會突然害怕起鐵門打開的一刻。母親欣喜迎接我進到寂靜屋內，餐桌上羅列著從黃昏市場買來的醃泡菜，山東饅頭，涼拌黃瓜，以及炸螃蟹。母親平日獨自在家，幾乎不開伙，陰暗的廚房冷清靜默，聞不到食物的氣味。而一隻生銹的鐵湯匙和缺了角的瓷碗躺在空蕩的碗櫥中。

母親在櫃子裡東翻西找半天，才搜出兩雙免洗筷，然後在餐桌旁坐下來，快樂的望著我。她其實是不太習慣這個空間裡有我存在的，所以每次我回來，總是得先從吃飯開端。

●

「吃螃蟹，剛炸的，買回來時還熱騰騰的。」

「嗯。」

「今天妳去看過妳爸了？」

「嗯，他氣色不錯，比起一年前好多了。」

「一年前？妳怎麼沒跟我說？」

「喔？是嗎？我忘了。那時我去看他，嚇一大跳，想說他怎麼老那麼多？還以為他活不久了。沒想到後來他還跑去大陸討老婆。」

「不是一個，是好多個。」母親糾正我，「這次他在福州娶的老婆怎麼樣？照片看起來醜醜的。」

「是不能和上次那個江西的比。」

「不過，最漂亮的恐怕還是青島那個。」

「沒錯，她本人比照片還要漂亮。上次我和爸回老家，到青島機場，她來接我們，拉著爸熱情的樣子，我看了就覺得奇怪，還以為是他朋友的女兒。那個江西的跟她是不同典型的美，丹鳳眼，很豐滿，我從來沒看過女人胖得那麼有味道。」

「妳爸就是喜歡年輕漂亮的女人，這次他可吃了大虧，在江西買的房子全送給她了。我一直勸他結婚可以，但別急著買房子。他又不聽。」

「他幹嘛聽妳的？你們早就離婚了不是嗎，他愛怎樣是他的事。」

「我當然管不著。」母親嘆口氣，「我只怕他錢花光了，賴著妳們姊妹倆。我辛辛苦苦養妳們長大，他沒有出過半毛錢，憑什麼老了還要妳們養他？」

「誰要養他？」每次講到這裡我的脾氣就湧上來，「他自尊心強的很，早說過將來生病老死，絕對不拖累我們一分一毫。」

「不談這個了，傷感情。我們還是談談那福州女人吧，她對妳爸怎麼樣？」

「非常好啊，倒茶切水果，還會做菜，爸使喚她就像使喚下女一樣。我問她來台灣怎麼不出去走走？她說她喜歡待在家裡看電視。不像上次那個江西的，來了以後也不煮飯，整天只想出去逛街買衣服。爸這回總算找到一個好女人了。」

「但願如此。」母親喃喃的說。

●

每次回家我就忍不住挑剔起來，怎麼冰箱的電燈壞了，黑烏烏的，瀰漫著一股臭味，廁所沒有衛生紙，抽水馬桶也不通，錄影機不能看，房間裡面擺了三個衣櫥，可是全被我中學時代的衣服塞得滿滿的，根本找不到一件合適的穿。家裡每件東西彷彿都變形走了樣。挑剔完後我悶悶坐在沙發上，環顧四周，卻忽然湧起一個念頭：也許它們並沒有變，從來都是如此，只是過去的我一直沒有發現罷了。

「媽，衣櫥裡的衣服早該丟了，還有碗櫥裡的碗，缺了口也不換新的。」

「衣服都還好好的，妳現在不是穿在身上？」

「這是我國中時候的睡衣了拜託。」

「我記得是在便宜之家買的嘛，那裡的衣服雖然便宜，可是很耐穿。」

「妳就是這樣。」我哼了一聲，把饅頭剝成兩半，一半遞給母親，另一半撕開來塞到嘴裡，含糊的說，「難怪爸會跟妳離婚。」

「這跟那有什麼關係？」母親接過饅頭，「離婚又不是我的錯。當初是他開診所，把護士的肚子搞大了。連法官都替我叫屈，罵他是混蛋。」

「也不全然是這個原因吧？」我知道不該再往下說了，可是有些話衝到喉頭，熱癢癢的難以收回，「爸結婚還不是想要有個家。可是妳和阿媽欺負他是外省人，在他面前故意講台灣話。難怪爸到最後要跑回大陸去娶老婆。」

「欸，妳怎麼可以這樣冤枉妳阿媽？」母親吃驚的放下筷子，「今天妳爸跟妳說了些什麼？妳的心都向著他？我養了妳幾十年，還不如他跟妳說一天的話？」

「他沒說什麼啊。」我低頭用筷子撥盤裡的泡菜，「可能年紀大了吧，今天好像特別感傷。」

「感傷？當年妳爸車禍，妳阿媽天天燉魚湯給他進補，伺候他像個皇帝似的。還說我們欺負他？阿媽本來就只會講台灣話，這也有錯？」

「反正你們不該把他招贅進來，一切都受阿媽操控。妳也不幫他。」

「我怕妳阿媽怕得要死，每個月薪水袋都原封不動交給她。我哪敢說什麼？」

「還有，阿媽為什麼要在家裡擺楊秉軍的牌位，讓妳早晚上香？妳不是和他結婚一年，他就死了嗎？爸每天看妳們這樣上香，心裡怎麼好受？」

「妳爸那時車禍，清明節還不是拄著拐杖給他的前妻上墳？還叫我一起去，我有責怪過他嗎？」

「算了算了，你們這樣還像個家呀？」我厭煩的揮揮手。「反正從小到大都是這樣，阿媽死了妳也還是這樣。妳根本不知道我們要什麼。記不記得我念高中時，妳開了一間很小的撞球店，有一年除夕，就因為有個男孩子要打撞球，妳把我和姊姊丟在家裡，連年夜飯也不吃。只為了賺那兩小時一百二十塊錢。我一輩子都會記得這件事。老實說，那時候我眞想拿錢從妳的臉上砸下去。」

「妳怎麼會這麼在意這件事?那天我只不過是晚一點回去。」母親的聲音虛弱下去，

「那個男孩又沒有地方可以去。」

「他當然沒有地方可以去。除夕夜只有妳才會爲了那一百二十塊錢不回家。」

●

我常懷疑母親可能不是一個女人，她是上帝的惡作劇，在女人的身體裡面錯置男人的靈魂。

每當母親走路的時候，就像國慶閱兵大典的女兵，兩隻手機器似的快速擺動，如果她手中拿著雨傘的話，那麼前面人的屁股就得當心，隨時可能會被她戳個大窟窿。她煮菜時經常忘記加鹽巴，卻還能吃得津津有味。最可怕的是，我念中學時，她自告奮勇要幫我剪西瓜皮頭髮，拿著那種裁縫用的大剪刀，一不小心，剪刀就刺得我脖子上血跡點點，剪完之後，我的頭髮只剩下耳上三公分，第二天到學校檢查，教官第一個表揚的就是我。不過，有時候母親也會造作出女性的姿態，但卻好像戴上一張不合臉的面具似的，我總覺得好可怕，那絕對不是她。

或許因爲這個緣故，我一直以爲我也是個男人，而討厭那些長得像女人的人們。可是我

的父親愛女人，所以他不愛我們。

●

「好了，吃飯的時候不要再講這些，還是講講妳爸的情人們。妳還記得那個護士？」

「哪個護士？」

「就是因爲她而離婚的那個。」

「當然記得啊，眼睛大大的，皮膚很白，每次都拿枝鉛筆，趴在診所的掛號窗口後面畫娃娃。」

「妳的記性眞好。」母親讚歎著，她總以爲我是個天才兒童，「那時候妳才兩三歲大，妳姊姊就不行了，什麼都記不得。妳們特別喜歡纏著那個護士畫娃娃。」

「沒錯。可是妳告訴我們說，那些娃娃半夜會復活，變成眞人。嚇得我們都把它拿去浴室燒掉。那時候妳幹嘛要那樣嚇我？害得我好多年都不敢關燈睡覺。」

「妳不曉得，整個診所貼得到處都是娃娃，叫人看了心底發毛。那護士很陰險的，那時候我們就住在診所裡，她居然還有辦法勾引妳爸。妳看她多厲害。」

「怎麼勾引？」我挑挑眉毛，很感興趣。

「那時妳年紀小，睡覺要大人陪，妳爸就趁我們睡著以後偷偷溜去她的房間。」

「喔，這麼說來，還是我害你們離婚的囉？」這說法倒很新鮮，原來自己曾經扮演過這樣的角色。

「當然不能這麼說。」母親笑起來，「不過妳小時候又瘦又弱的，睡覺都要握著大人的手才安心。」

「聽起來眞是個惹人討厭的小孩。難怪有一次妳不在家，那護士帶我去夜市買西瓜，就故意把我丟在人群裡，自己偷偷溜掉。」

「咦？那次她是故意的嗎？」

「那當然囉。後來警察送我回去，她就坐在廚房裡吃西瓜，假裝親熱的揑著我的臉說，妹妹妳跑到哪兒去了，我找都找不著。還硬塞西瓜到我的嘴裡。我趁她不注意，把西瓜吐了一地，引來一堆螞蟻。」

「我不知道她是故意的。妳爸沒告訴我。」母親頓了一下，又說，「他當然不會告訴我，他那時被她迷得暈頭轉向。可是後來他們也沒結婚，那護士懷了孕，小孩早產，是男孩，生下來就送給她住在新店的姊姊了。」

「喔？那小孩子姓什麼？」

「好像是謝吧。怎麼樣？」

「我想想看有沒有認識姓謝的住在新店的男孩啊？」

「說眞的，妳得小心點，不要遇上妳爸的兒子才好。」

「如果遇上，那就和八點檔的連續劇沒什麼兩樣了。」我和母親相視大笑起來，眼睛彷彿彎彎的月亮。

●

刷啦一聲巨響，鐵捲門拉下來了。我躺在房間床上，聽到爸爸發動摩托車的聲音，噗嚕噗嚕，還有那護士的笑聲，他們喧囂著揚長而去。我從床上爬起來，跑出房間。太遲了。診所裡面已經一片黑暗。微弱的光線穿透鐵捲門飄進來。牆壁上貼滿了娃娃的畫像，有長髮憂鬱型的，有跳著芭蕾舞的，還有綁蝴蝶結的小公主，黑暗裡她們都復活起來，張開一雙閃閃發亮的大眼睛，尋找在畫中缺席的男主角。迷宮似的走廊。我扶著木板隔間，穿過病房，手術房，診療室。白白的床單，空空的點滴瓶，沾著血跡的棉花。罐子裡的嬰屍，浮沉在淡黃色的福馬林藥水裡。一個月大。兩個月大。三個月大。四個月大。五個月大。六個月大。七個月大。排成一整列。他們忽然在瓶中一致轉身，抬起頭瞪著我。

我開始號啕大哭起來。我一哭，牆上的娃娃全笑了，泡嬰屍的藥水罐在顫動，我的哭聲因恐懼而變了調，好像老頭般沙啞。我聽到外面有人拍門喊，妹妹不要哭，不要哭喔，我打電話叫妳媽媽回來了。那人的聲音好像是隔壁的歐巴桑，我又聽到她向別人說，夭壽喔，丟囡仔一個人在房間內，自己共查某走出去耍，眞正夭壽喔。越來越多的人聲在門外響起，嘈嘈雜雜。

母親拿著鑰匙趕回來，一打開門，衝進來抱住我。鄰居環繞我們七嘴八舌的，數落那護士怎樣虐待我，而爸又是怎樣不負責任，那護士每天打扮成妖精一樣，拉著爸爸出去玩。他們越講越是憤慨，有人說，你們既然已經打算離婚了，就拿這個作證據，孩子一個也不留給他，到時我們都出庭幫妳說話。大家異口同聲的稱讚這主意眞好。

爸爸回來，看見診所吵成一團，他也懶得爭辯，索性說，那就趕快辦離婚吧，孩子我一個也不要了。他這麼一講，大家反倒啞口無言起來。而母親在一旁面無表情的愣愣抱著我。

辦完離婚手續的那天，她買荔枝回家，我和姊姊歡天喜地搶荔枝吃，看到我們快樂的模樣，她竟流下眼淚，說，都是妳們，都是妳們才害得我離婚。

「其實不只那個護士，後來他每次換地方開診所，就會換不同的女人。」母親吃掉一隻螃蟹之後，突然說。

「他不累啊？」

「就像妳阿媽說的，外省人無定性。反正這裡也不是他們的家。」

「可是他在大陸也不習慣，沒兩個月就跑回來。」我無奈的聳聳肩，夾起一筷子泡菜，說：「對了，好多年前那個打電話來騷擾我們的女人，妳記不記得？那次最嚴重了，是他在哪裡開業時請的護士？」

「嗯，讓我想想看，應該是在林森北路的時候吧，那段時間他錢賺的最多。」

「不知道爲什麼，那間診所我印象特別深刻，雖然只有去過一次。我還記得妳叫我們在林森公園裡尿尿，結果我尿到腳上，襪子溼漉漉的不敢跟妳講。」

「怎麼可能？我怎麼會叫妳們在公園尿尿？帶去診所不就好了。」

「是啊，診所就在公園的對面，我一面尿尿，一面還瞪著爸診所的招牌，安心婦產科，沒錯吧？我小時候最喜歡記招牌了，因此學會好多字。上面還寫著台大女醫師主治，專治淋病菜花，精割包皮，月經規則術，軍公教八折優待。我背得一字不差，雖然根本不知道是什麼意思。可是爲什麼妳不帶我們到爸那兒去上廁所呢？」

「是呀。眞奇怪。」

「喔，我想起來了。那天我們去看爸，結果那女人不高興，跑到樓下去，所以爸叫我們趕快走，我們就走了。根本連坐下來喝杯水的時間都沒有。」

「妳這麼一說，我也想起來了。」母親高興的拿筷子指著我，「我們下樓的時候，那女人剛好跟我們打了個照面。後來她和妳爸分手，就一直打電話來騷擾我們。整整打了一年之久哪。」

「電話就是她打的嗎？她長什麼樣子？我那時沒看清楚。」

「畫了濃妝，穿得很時髦，高跟鞋上貼著亮片，鞋跟高得嚇死人。她本來是林森北路一間酒店的經理，後來認識妳爸，合夥開了婦產科，生意好得不得了，她人面闊，酒家女都跑到妳爸那裡去墮胎。」

「所以招牌上寫的台大女醫師，就是她，對不對？哼，都是不學無術的密醫。」

「病人喜歡找女醫師嘛，比較放心。等到被麻醉以後，哪裡知道是誰做的手術？所以妳爸那時候最賺錢了。」母親越說越出神，手上的筷子像根指揮棒似的，「後來那女人拆了夥，因爲妳爸搞上診所裡的小護士。」

「什麼?爸眞是本性難改。」

「咦?不對不對，」母親忽然想起什麼天大事情似的，「哎呀我記錯了，這樣說來，騷擾電話應該是後來這個小護士打的。她才剛從護校畢業，向我哭訴，說妳爸強暴她。她本來不願意，害怕那個女人，可是久了之後，她又愛上妳爸。那女人倒很乾脆，發現了馬上拆夥，但是妳爸怎麼能安定下來呢?他後來又去中山北路開了間診所，結果生意不好，賠一大筆錢，然後又跑去樹林，把那小護士給甩了。那小護士不甘心，才一直打電話來騷擾我們。」

「天啊，眞是亂七八糟的，聽得我頭都疼了。」

「的確是亂七八糟。」母親同意的點了點頭。

●

父親低著頭，趴向一個十六歲的女孩。女孩毫不知恥的張開雙腿，朝他坦露出濃黑的陰毛，一條縫隙躲在棗紅色的陰唇中。然後他面無表情的拿起鴨嘴器，插進女孩的陰道口。日光燈下金屬的光澤彷彿一把利刃。

那女孩一動也不動，她已經睡著了，緊閉著眼，忽然間眉頭皺了一下，臉部漸漸扭曲起來。她張開唇，發出一聲微弱的呻吟，哀哀的哭。她的嘴唇如淡紫色的果凍。麻醉藥就快要過去了喔。站在一旁的小護士提醒著。

父親說，這是他最驚險的一次手術。女孩是賣水果的男人帶來的，已經懷了三個月以上的身孕。父親本來不肯為她墮胎，怕出人命。可是賣水果的跪在地上哭著求他，說，要是女孩的爸爸知道了，一定會被殺死的。女孩家在賣魷魚羹，距離水果攤還不到一百公尺遠。

那後來呢？後來怎麼樣？十歲的我拉著爸的手，仰頭問。

當然沒事囉，這種小手術怎麼難得倒我？父親得意的笑著。母親也笑起來，說，來，再吃一點香瓜。

●

「那妳，」最後一隻螃蟹在我和母親的中間推來推去，終於叫她給吃掉了。母親抽出衛生紙來大力擦手，然後把手指放到鼻子前聞了聞，又皺起眉頭，繼續擦手，不知為什麼，她開始吞吞吐吐起來，「妳以前去的那間診所，有沒有可能是密醫？」

「什麼，妳在說什麼？」

「我是說，妳以前高中時候去的那間，跟那個叫什麼小A的。」

「我不懂。」

「那麼久的事了，說出來也沒關係。我是爲了妳好，怕留下後遺症。」

「妳怎麼知道的？」我沉默好久，才吐出這句話，像顆艱澀的石頭從喉嚨滾出。

「妳別管我怎麼知道。到底是不是密醫？」

「都過去的事了還問幹嘛？而且那個人也不是小A。」

「不是小A？」母親拿起牙籤剔牙，張大了嘴，「不會是讀工專的那個吧？」

「妳別亂猜。都跟他們無關。」

「反正是誰不重要。我關心的是妳的身體。而且，」母親放下牙籤，身子向我傾過來，壓低聲音神秘的說，「有件事情我一直沒有告訴妳。前一陣子，妳姊姊說最近很不順利，懷疑是我們家的風水出了問題，所以帶了個風水師來。妳知道那個風水師怎麼說嗎？」

「怎麼說？」

「他說，這房子裡面有兩個小孩，一直跟著我們。」母親的聲音低得像個巫婆。

「妳信這個？」我忽然覺得手臂發冷。

「我怎麼會相信？我這一輩子從來不拜拜的。可是，這個風水師實在說得太準了。」

母親深深的望著我，這時落地窗簾忽然動了一下，無聲無息的，我和母親同時變了臉色，掉過頭去緊盯著。是錯覺嗎?我的脖子僵硬起來，母親拍拍我的手，安慰的說，「是風。這裡是十樓，風大。」

「嗯。」我勉強嚥下一口口水，咕嘟好大一聲，「剛才妳還沒說完呢。」

「眞的不是迷信。妳知道他指的是誰嗎?」母親又頓了一下，故布疑陣似的，「我曾經拿掉過兩個孩子。那時候妳們年紀小，所以不知道。跟妳爸離婚兩年後，他跟那個護士分手，叫我帶妳們回診所，住了差不多一年，中間我拿掉過兩個孩子。後來，妳爸又跟診所新來的護士好上了，我才又帶著妳們搬走。」

「原來如此，那段時間，我們每天早上都一起去隔壁的市場買早點，對不對?我和姊姊還比賽看誰把饅頭壓得比較扁。那好像是小時候唯一快樂的時光。我一直以爲記錯了，你們離婚了怎麼可能住在一塊?那兩個孩子，是爸幫妳拿掉的嗎?」

「不是，他不敢。」母親微笑著，「我自己去外面找醫生。」

「喔?他也知道害怕?」

「所以這次被那看風水的一說，我都毛骨悚然起來，這麼多年的事了，他不說我也快忘了，否則我是從不迷信的。我還特地跑到廟裡，燒了很多紙錢給那兩個孩子，還燒紙做的玩具，有金龜車，也有洋娃娃。」

「其實沒什麼好怕的。妳還不是爲了那兩個孩子好，否則生下來，倒楣的是他們。」

我差點要加上一句，就像我一樣。

母親點點頭。一盞圓燈垂在我們頭頂上發光。黑暗包圍住我們，我的弟弟妹妹坐在牆角，我卻一直到今天才認出他們。他們站起來，走過我的身邊，然後向房間走去，漸漸被吞噬在黑暗裡。

●

那間婦產科躲在西門町的巷子，收費特別便宜。診所裡只有一個面無表情的老女人和禿頭醫生。我躺在手術檯上，天花板到處都是蜘蛛網，禿頭醫生把痲醉藥注射進我的手臂裡。禿頭醫生說，以前做過沒有?我搖搖頭。他說，要記得避孕啊。淡淡的公式化口吻，就像7－11的店員在說歡迎光臨一樣。禿頭醫生站在手術檯前像座陰暗的山，我瞇著眼仰望他，他說，來，深呼吸，跟著我數，一、二、三……。

我的眼皮越來越沉重，禿頭醫生的影像越來越模糊，然後唰的一聲我突然被吸進一個完全沒有光線的黑夜裡，那是如此放鬆而甜美的黑夜，什麼也不存在的深淵，我開始輕飄飄的微笑著，看到父親向我走來，然後坐下，趴到我張得大開的雙腿之間。

我從手術檯上爬起來，撫摸著父親的頭髮，他的頭髮如同嬰孩一般柔軟而金黃。碧綠色的血從我的陰道口流出來，他伸長舌頭舔著，柔軟的舌來回拂拭過我的陰唇。而他的背後有陽光。藍天。白色的帆船。以及海。

意識又漸漸把我拉回到現實的世界。

我感到子宮在收縮，下腹部壓著塊石頭似的，想動卻又動不了，眼睛無法睜開，我想喊，可是聲音卡在喉嚨裡出不來，身體的下半部彷彿墜落在冰水裡。我依稀聽見禿頭醫生向我走來，俯在我的耳邊。

我說，我好冷，好痛。禿頭醫生用手捧住我的臉，說，我給妳蓋毯子，等下就不冷了，痛是正常的，我幫妳按摩一會兒就不痛了。我感覺到他掀起毯子，一隻手潛進來，潛進我的衣服，到達我的腹部，他輕輕的揉搓著，然後又緩慢的往上潛進，直到握住我的乳房。

他的手心燃起溫暖的火。

他喃喃的說，不要冷，不要冷，我抱住妳了。然後他射精似的發出一聲長長的快樂的喟嘆，嘴唇摩擦著我的臉，淡淡的菸草味飄進我的鼻腔。

我順從的躺著，全身鬆弛開來。那個令人厭惡的小生命終於被殺死了，正丟棄在手術檯下的桶子裡，和發臭的垃圾混在一起。

●

「其實妳早就知道了對不對？」我突然打破沉默，問。

「知道什麼？」

「就是我去看醫生的事。有一次我的藥袋被妳看到。妳還很大聲罵我，說，為什麼去這種地方？」

「是嗎？我不記得了。什麼藥袋？」

「妳還裝糊塗？不然妳怎麼知道？」

「是小A告訴我的。」母親又加了一句，「他很關心妳。」

「哼。」我感到被出賣的憤怒，在我體內漸漸升高無法控制，「我早就想問妳了，妳為什麼從來都不阻止我？妳記不記得，在我很小的時候，我們租房子住，房東的兒子在念國中。有一次他把我拉到房間裡，趴在我的身上摩擦了好久，而妳就在客廳裡看電視。後來妳幫我洗澡的時候，卻兇巴巴的問我，褲子上面白白的東西是什麼？妳明明知道的，可是妳卻什麼也沒有做。爲什麼？」

「有這種事？那他有沒有把妳的褲子脫掉？」母親緊張的抓住我的手。

「現在才緊張有什麼用？」我冷笑一聲。

「怎麼會呢？我眞的都不記得了。」

「那是因爲妳從來都沒有關心過，妳只想著賺錢。」

「我要養妳們啊。妳知道一個女人獨自養孩子有多辛苦？當年妳爸什麼都沒有留給我，他樂得輕鬆，在外面玩女人，一個接一個。」母親的嘴唇開始顫抖起來。「這實在太不公平了，結果沒想到最後妳們同情的全是他。早知如此，那時候我也不要妳們，我還年輕，多的是男人要追我。」

「什麼公不公平？」我雙肘撐在桌上，用手蒙住臉，「天底下沒有公平的事。妳對我又何嘗公平？小時候妳總是說，再忍耐一下，將來我們就會很幸福了。可是將來總是沒有來。只有爸不死心，到現在還會妄想娶到一個好女人。」

「難道我辛辛苦苦，不就是爲了維持一個完滿的家嗎？」

「妳和爸都這麼說，可是你們做了什麼？我以前還會期待，可是我已經不是小孩子，不會再相信那些話了。」

「你們都認爲是我的錯。過去妳爸把錯推到我身上，現在換成了妳。」母親搖著頭，「可是眞的是我嗎？到底是誰，是誰才一再的破壞這個家？」

●

到底是誰呢？我們都沒有再說話。窗簾彷彿動了一下，又彷彿沒有。時鐘滴滴答答的走著，在夜裡窗簾的顏色更加晦暗了。這間屋子是多麼的單調空乏而冷默，就像我們乾燥的心一樣。餐桌上仍然擺著涼拌黃瓜，醃泡菜，饅頭，冷冷的食物。康定斯基畫中沒有臉的女人。娃娃的畫像漂浮在牆壁上。

孩子們的鬼魂又從黑暗中走出，然後陸續坐到餐桌旁，空洞的五官不懂得哭泣也不懂得吵鬧，他們安靜而瘦弱，拒絕長大。歡迎你們回家，我默默的說著。但是家卻已經永遠的陷落了，陷落在遙遠的過去，而我們被時間俘虜到一個異鄉，再也找不到返回的道路。我們卻還不得不假裝相信，幸福就在可見的未來，只要繼續向前走，樂園就一定會出現的。即使我們心中很清楚的知道，那裡也就是安息的墳場。

母親撩起衣服來擦了擦臉。然後她拿起一個饅頭，剝成兩半，一半遞給我，說，來，再吃一點，難得回家，不要說這些不愉快的事了，讓我們再重頭開始一遍，談談妳爸的情人們吧。我接過饅頭。時間倒帶。

今天妳去看過妳爸了？

嗯。

這次他的女人怎麼樣？

午後電話

我向你呼喊再呼喊越過這痛苦的久逝的大氣
但是啊 de Sade 在左 van Masoch 在右我受試探在當中

——斯人〈啊 馬丁〉

已經不是第一次接到這無聲無息的電話。通常是在午後，電話鈴聲響起，我習慣性地拿起話筒，而線路那一頭卻回應以古井般深沉的靜默，原本以爲是話機故障的緣故，但這一次，那人抑止不住的呼吸聲音卻清晰可聞了。我試著再詢問一聲，那一聲喂怯怯顫抖著旅行過漫長的空氣，於是我和那人俱在電話的兩頭屏住氣息，彷佛是伸長了頸子專心期待一隻全壘打球飛越偌大球場的上空，我們一動也不動。

午後的天空正藍著 Magritte 畫中的藍，在名爲「啓蒙時代」的畫作中一隻沒有表情的眼睛與靜止氣球懸掛在半空，Magritte 曾經寫下：every object is mysterious 萬物皆神秘。我執著話筒，望向窗外的天空，神秘的巨大眼睛正窺著屋內的電視、冰箱、散落一地的書報雜誌、打著呼嚕什麼事也不懂的貓咪，以及沿窗櫺邊緣瘋狂爬行的青藤、蜘蛛與螞蟻，午後的微風正頻頻翻越過我的窗台（我聽到風景忽隨玻璃碎落一地）。我不知怎麼突然想和那人來個耐力競賽，看看是誰會先把電話掛上，但是這個念頭才支持不到十秒，我就忍不住放下了手中的話筒。

因爲我害怕，我的背脊向內緊縮起來。但我到底在害怕什麼？恐懼什麼？逃避什麼呢？

（那隻神秘的眼睛仍然在窺視一切如相機的快門。）

其實這種經驗也不是第一次了。高中時代家中就曾經遭過無聲電話的騷擾，整整長達一年之久，其間母親更換過好幾次電話號碼，但都不得其果，不論黑夜或白日，無聲的電話仍然像隻嗅覺靈敏的野獸，溼濡鼻頭咻咻喘著氣，就這麼一路依循那條黑色的電線攀爬而來，又如影隨形般找到了我們。每隔幾十分鐘，電話便會高響起一陣示威的鈴聲，似乎是在昭示（或說嘲笑吧露出牠尖銳的犬齒）我們無論如何都已陷入到一個無可遁逃的窘境。這雖不過是一樁電話騷擾事件，根本不具任何殺傷力，而我們原先猜測可能來自某位怯於啓齒的仰慕者，也一笑置之，可是隨著時日增長，這無聲無息的電話竟展現出驚人的耐心與毅力，證明絕非只是一場閒人無聊的惡作劇，而是有意甚至有計畫地針對我們家人而來，並且必定與我們有著相當程度的熟稔，才能夠在每次電話號碼更新後還迅速知悉。但是，這究竟是誰呢？是誰對我們懷有如此耿耿難釋的情結，要長期選擇以這種方式來發洩？唯一可以肯定的是，這絕對不是出自愛，而是恨了。

我們家中成員不過只有母親、姊姊與我三人而已。原本在學校頗受歡迎、擁有衆多愛慕者的姊姊嫌疑最深，而剛入高中的我則暗自回想身邊出現過的面孔，只是那一張張躲在大盤帽底下冒出紫紅色青春痘的臉，架上大近視眼鏡之後，五官已稀少模糊得可憐（誰是誰，我悄悄地問，在發酵青春體味的公車盒子中，誰是誰，我身後那不知名的男孩正隨車行搖晃，以他繡有金黃色學號姓名的前胸，輕輕摩擦著我的肩我的背）。我們幾乎無時無刻不在進行猜謎的遊戲了，只是這場遊戲玩得太久，直到我們精疲力竭，對方卻還沉醉在撥號的樂趣中，尚未饜足，於是每當更新號碼卻仍被追索到時，我們彷彿淪爲獸掌玩弄下的獵物，竟是在徒勞策畫一場又一場臨死前的奔逃了。

於是我們繼續浸淫在一己的想像王國。曾經半夜母親起身到客廳去接電話，我隨後跟出房門，看見她坐在茶几旁放下了聽筒，垂首歎一聲長氣。我走過去喚她。（到底是誰呢？）

母親喃喃念著。我們一同掉過頭去瞪向窗外的黑夜，那似乎什麼也不存在的單純之黑已安詳入睡，窗玻璃上反映出我們母女倆肖似的皺眉神情。在這一刻，我所思及的是被一襲卡其制服包裹住的男體，而母親心裡卻正閃現過一些我所不知道的人名吧，一些陳年的苦痛記憶。我們默默地對坐在暗中，此時她的頭髮已將近花白，但我那騷亂甜蜜的青春卻才剛剛宣告開始。

到底是誰呢？（那是很深很深的隧道火車停在隧道中水聲滴答，是誰戴上隱喻的面具在這一霎時跌入漆黑的隧道中歎息。）到底是誰呢？

然而許許多多的猜測終於得到解答。某個週末午後，我剛放學回來，還來不及脫掉白衣黑裙的制服，那無聲電話又來了。就在我預備掛上的時候，「他」居然忍不住開口了，竟是一個女子（哎我一輩子也不會忘掉那個聲音，那酷似某位經常在中視閩南語劇扮演媽媽桑的女演員的聲音）。

（楊秉軍死了。）她的聲音平板而薄。

（妳是誰？）我的手指一瞬間僵直起來。楊是母親的前夫，早在母親二十歲他們新婚未滿兩年的時候就死了。

（妳媽媽不要臉，跟人家去旅館。）

（我不相信。）

（我有照片爲證，妳要不要看？）她發出挑釁的輕笑。

（妳到底是誰？）線路那頭又陷入一片沉默。於是我把話筒放回茶几，沒有掛上，一直到五個小時以後母親回來爲止。母親一如往常先進臥室把衣服脫掉，換上家居的衣褲。我佯裝坐在床沿翻雜誌，一邊冷冷窺伺她，看她從菜市場買來的那件膚色胸罩軟趴趴蓋住一雙塌扁的乳房，她的內褲已發黃了褲頭脫了線還露出一段鬆緊帶，然而她的皮膚卻仍是光潔的，尤其在日光燈的照耀下泛出象牙白的色澤來，我想像或有一隻男人的手掌摸過她的腰而不在乎她乾枯貧乏的胸，當手指潛進她腹部底下的深邃叢林時，她可能也會選擇忘我的大聲呻吟出來吧。我繼續默默注視母親一如往常的炒菜，吃飯，洗碗，然後坐在沙發上看連續劇，她擺出一慣瞇起眼緊皺住眉的神情，手中攢支薄荷棒，輪流放到左右鼻孔大力吸啜，來回發出颼颼的音響，電視機正不斷播放出罐頭笑聲，但是母親深鎖的愁眉沒有發生絲毫變化，而我在旁繼續保持緘靜地審視著她。（「妳欺騙我，故意隱瞞不跟我說。」女兒憤怒地向母親喊。「那妳自己呢？我還在等妳開口呢。」小津安二郎電影《秋日和》中那總是微笑的美麗母親說。）

半夜電話一如平常響起，母親的聲音從客廳一團漆黑渾沌裡傳來，慢條斯理不慍不火的。（妳有什麼心事可以對我說。）我坐在書桌前，燈下攤開一本數學課本。（我知道妳很苦我們同樣都是女人妳就直接明白說無妨否則如此下去不是辦法。）幾何試題一：理性的方形善變的三角從此圓心到彼圓心距離有多少？我從抽屜拿出矩規，母親的聲音在窸窸窣窣鑽動夜的牆壁，以一種異於常態的溫柔與耐性，從此圓心畫出一條長線到達彼圓心，一直到這通漫長的電話結束之後，母親走到我的桌旁，臉上竟浮出難得的歡愉神情。（那女人什麼都告訴我了還向我道歉妳看眞不容易呀。）於是母親沾沾自喜述說起那女子原來遭父親遺棄，卻認定是命運與她相同的母親在從中作梗，所以怨恨全傾瀉到我們身上，然而今夜一番懇談，她在電話中痛哭失聲，反倒尊稱起母親爲姊姊，而母親則儼然化身爲慈悲的神父聆聽她長篇告解，並在胸前畫下十字爲父親贖罪（是因擁有赦免別人罪惡的權力，故獲得空前的復仇快感吧），母親遂開心地笑了。

此後，對這件事一無所知的父親仍舊偶爾探望我們，坐在沙發上仔細削他帶來的五爪蘋果，當利刃遊走過後血紅色的果皮一圈圈脫落下來，露出裡面赤裸的白肉（吃了這蘋果以後亞當和夏娃才知道什麼叫做羞恥），母親笑著咬著蘋果展現出前所未有的媚態。然而等父親一走，我們又回復到原先的寧靜生活，母親邊吸著她的嗎啡薄荷棒，邊皺眉看八點檔連續劇，我和姊姊各據一張書桌做功課，再也沒有討論過那曾經困擾我們長達一年之久的無聲電話，彷彿那些事從來都沒有發生過。可是我依然經常想起那女子，她怎能就此作罷呢？她究竟是誰？母親說曾經有一次我們去拜訪父親，那女子暫避到隔鄰的騎樓底下，直到我們離開時才點頭打了個照面，但那女子的身影我已經記不得了，只彷彿留下一團將要燃盡的餘火的影子。而據那女子說，當時她在騎樓底下等候，又嫉又恨，但那是一個叫人心浮氣躁的高溫夏夜，路邊賣刨冰青草茶的小販忙著找零錢，並沒有人發現彼處幽幽站立的一個傷痛的女子（阿姨，或許我還曾如此開口叫過她，而她曾對我微笑……），生命又在茫然無知中草草地翻過了一頁。

因此當多年過後，我在丈夫秘藏的親暱書信中發現一組電話號碼，我嘗試撥去卻無人接應，那鈴聲在一個我所不知道的隱密空間中盤旋，迴盪，撞擊著，然後過了數月竟又幽幽地反彈回來，像是回答此番沒有結果的詢問似的，我那與無聲電話相搏的日子竟又開始了。午後，我經常應鈴聲的呼喚，瞞著丈夫與對方進行一場靜默的交談，而夜晚時分丈夫睡在我枕邊仍像是個無憂無識的嬰孩，呼吸規律沉緩，但我卻每每抑止不住揭開他皮膚的衝動，解剖那流動的血肉裡面到底隱藏了些什麼？然而這倉庫積壓的秘密是如此巨大，恐怕將如火山爆發，我不禁懷疑自己眞的想要知道嗎？

現在我已習於電話闃無聲息的狀態了（一如我和丈夫共眠的無數長夜），我們透過一條線路在大氣中絕望向無名的對方呼喊，但是千萬不要開口吧，因爲我害怕（害怕有一天對方也會像多年前那女子，戳破一顆鼓脹的氣球）。我也曾嘗試旅行遠走，但發現對事物存在的認知並不會因此多增加一些，陌生的路牌，街道名，商店飄出食物的氣味，人們以這種或是那種方式在這裡或是那裡苟活著，舊的事物拆了又建起新的，一如我們肉體的塊壘輪番凋萎代謝。可是遺忘總比記憶還長，感謝主，祂恩賜我們耳聾與目盲，我們遂因此學會了輕易的贖罪、愛與原諒。

青春電梯

話說有一個鄉巴佬進城，從未見過電梯這個科技產物，結果看到一個老太婆走進電梯，過沒幾分鐘，居然搖身一變，變成一個漂亮的妙齡女郎走出來。鄉巴佬瞪直眼睛，興奮大喊：「這實在太神奇了，我也要把我的老婆帶來！」

我的父親經常讓我想起了這個笑話。不過，結果大概會不太一樣，是他自己奮不顧身跳進電梯裡頭去。當海峽兩岸開放交流以後，他回到故鄉大陸，那塊廣大的錦繡河山便成了他的青春電梯，門一打開，裡面走出來比天上星星還多的美麗少女。

五十年前，當他離開大陸時，是個鬍子還沒有長出來的少年郎，五十年後，這道電梯門終於打開，他興沖沖的跑進去，以爲這座時光機器會挽回他失敗的一生。果然，在杭州，有個三十歲的女子與他認識一個禮拜不到，就迫不及待簽下結婚證書；在青島，有個二十八歲大學畢業的女子爲了他與另一個女子在街頭大打出手；在江西，一個豐滿妖嬈的女人爲了他，丟下與前夫所生的兒子，千里迢迢追來台灣。他光在海峽兩岸飛來飛去，辦理結婚與離婚的手續就超過十次以上，因此海基會上上下下每個職員都認得他，只除了秘書長以外。

前一陣子他跑來看我，那是十年以來頭一次，在盤桓老半天之後，他終於開口向我借錢，說是準備要去福州結婚。

「那麼江西的阿姨呢？」我問，說是阿姨也不過大我三、四歲而已。

「我上個月跟她離了。」

「爲什麼？她不好麼？」

「她不煮菜，不作家事，這都無所謂，可是她就從來沒有說過一句愛我，連說一句都不肯。這個福州的女孩呢，雖然長得不好看，可是人家是眞心愛著我的，一直在等著我，還說這輩子再也不嫁。」他喜孜孜的掏出一張與福州女子的合照來。

從一個將近七十歲老人的口中聽到「愛」這個字眼，眞令我詫異，那時候黃昏已盡，夜色無聲無息的落在父親的肩膀上。我開車載他去提款，看他帶著鈔票離去，趕上最末一班擁擠的火車，趕著去購買他的愛情，一張通往青春生命的入場券。

我從父親的身上學習到愛情原來是一輩子的事。於是當後來有一個頭髮和父親同樣花白的男子，執住我的雙手，卑微的伏首乞討愛情之時，我很清楚知道，他不過是需要一只點燃生命的打火機罷了，或者更準確的說，是一具時光的機器，一架不斷反覆召喚青春的冰冷電梯。

晚禱

照片裡二十歲的母親對我微笑，她說，快來呀快來呀，因爲太陽升起來了，舌尖上還有糖炒栗子的味道，昨夜的莎士比亞讀到第十八頁，哈姆雷特握著尖刀猶豫不決，而青春那麼近，愛情卻依舊那麼遠。

我聞到鮮血的味道，從父親的牙齦噴濺開，他說我還不想死呀請救救我，黑色的肉蟲在鼻孔裡爬行，變黃的襯衫扭出一個潮溼的冬季，膝關節貼著大陸買來的藥膏，手裡握著過期的機票，在不甘心的鼠蹊當中卻挺躍出一具年輕的女體。

母親說妳是我的女兒嗎我可不可以不要生下妳，塞回我的肚子吃掉尚未脫落的胎盤，我的子宮不給任何人歇息。

父親說妳是我的女兒嗎我可不可以抱抱妳，跳隻最後的舞給我看吧倒杯已涼的茶給我喝，直到死時，我才終於知道原來我愛妳。

後記

最後，還是得說明一下，關於本書的「眞實」。

從很久很久以前，父親就反覆告訴我山東流亡學生的故事。但那到底是多久以前呢？我已經記不清了，只記得我老是瞪大眼睛聽著，嘴吃驚的微張，一面喃喃的說：眞的有這樣的事情嗎？眞是太不可思議了。

但吃驚歸吃驚，心裡卻老懷疑是父親思鄉心切，難免要把記憶竄改渲染一番，所以對那時年幼的我而言，這段故事不過是湮沒在歲月裡的傳奇野史，而且在那個戒嚴的年代裡，被有意無意製造出來的傳奇又何可勝數？

直到有一天，父親又對我們說起這段往事，說著說著，他就流下了眼淚。我屈指算算，已經事隔將近五十年了，但他心中的哀傷卻如此巨大，從來沒有一天停止過。在那一刻，我才忽然在他的身上看見了歷史，歷史的包袱，歷史的傷口，歷史的深度。因此我決定要寫下我所看見的東西，即使這僅存在父親那被渲染誇大的記憶裡，即使這僅只是虛構。

但又有一天，我在偶然的機會下與同是山東人的東華大學歷史系主任張力教授談天，談起了山東流亡學生，他說已經有許多相關的研究論文可供參考。我聽了眞是吃驚，沒想到這段我從小聽慣的傳奇故事，居然是眞實的歷史，而且有檔案可查，甚至已成爲學術研究的一環。於是我花了很多時間閱讀王志信、陶英惠合編《山東流亡學校史》（台北：師大歷史研究所碩士論文，一九九八），開始一點點拼湊起這段陌生的歷史。光是如何重組繁雜的年代、地名和人名，以及父親的口述回憶，就耗費我甚多的想像力。然而最大的困難還是，我如何把它們轉化成爲小說？

在閱讀資料的時候，我深爲那愚昧、黑暗、殘酷的年代感到震撼，以致我無法用小說的筆法去剝解它，甚至以爲，那些赤裸裸而樸素的當事者之回憶告白，比起任何文學作品都要來得更強悍有力。這是我第一次感到文學的無用。但我卻不甘心就此放棄，總想可以就我的筆，來爲它們找一條不同的出路吧。所以我不直接書寫歷史，而希望藉由比較跳躍的筆法，來安頓那些因而漂泊無所歸依的靈魂。

或曰是安頓我的歷史。

直到今天，別人問起我的籍貫，我照舊會說山東，這當然是一種頑固、無可救藥，而且最糟糕的是非常「政治不正確」的省籍情結。但我卻無法漠視下列一長串的疑問：我是如何誕生在這個島嶼上的、假如一九四九年我的父親沒有搭南下廣州的火車、假如國民黨不是如此昏庸腐敗、假如台灣人和外省人不曾互相排斥、假如假如……

我的父親不會回答我的疑問，因爲對他而言，事情就是如此如此的發生了，人生不可能重來一遍。一九四九年，近萬名山東流亡學生在校長張敏之的率領下，從廣州到澎湖漁翁島。七月十三日，澎湖防衛司令官李振清、三十九師師長韓鳳儀，強行下令把學生收編軍伍，其中甚至包括許多未成年的孩子，凡不從者當場以尖刀刺死。張敏之校長與分校長鄒鑑援救學生不成，反被誣指爲匪諜，雙雙於十二月十一日台北馬場町遭槍決，前後因此喪生的學生逾百人以上。這是台灣歷史上首宗白色恐怖案，也是牽連人數最多最廣的「澎湖冤案」。

這段歷史幾乎未曾公諸於世。直到一九九九年十二月十一日，張校長夫人和子女，以及當年是山東流亡學生，包括中研院院士張玉法、中華經濟研究院院長于宗先等數十名六、七十歲的白髮老人，聚集在台北市靈糧堂，一齊追悼於五十年前冤死的亡魂。在這麼長久的時光裡，他們從不曾遺忘過去，仍然在等待平反日子的到來。

其實除了他們，還有更多更多的人在等待，例如守在電視機前的我的父親，在市場炸臭豆腐的伯伯，在捏水餃的，在煮牛肉麵的，在榮民之家角落裡殺死自己室友又自殺的。他們不但被畢生信仰的政權所放逐，又被台灣這塊島嶼所放逐，然後在本土論述越來越強勢的今天，歷史就預備這樣子悄悄地把他們遺忘了。

所以我站在一個邊緣又邊緣的位置，以微薄之力寫下這本書，但願是一個起點，而不是句點。感謝張力教授提供給我許多寶貴的資料。當然，更要感謝我的父親與母親，都是因爲他們，我才得以讀見了人生這本大書。

（經典版評述）
君父的城邦衰頹之後：重讀郝譽翔的《逆旅》

清華大學台文所副教授　陳建忠

一、衰頹的君父城邦：《逆旅》解題

上個世紀末，緊接著第一部小說集《洗》，郝譽翔又完成了《逆旅》。但時光的列車匆匆，倏忽已過十個年頭。今天再來看這本作品集，對共同經歷過戒嚴、解嚴、政黨輪替與再輪替等歷史階段的讀者來說，《逆旅》當中所涉及的外省族群流亡敘事，確實沾染著彼時那種台灣社會記憶全面突圍下，某種黃昏族群的落寞色彩。君父的城邦已衰頹，而他的女兒猶必須辛勤的補綴身世之網。彷彿有人是歷史的勝利者，有人則是失敗者，而郝譽翔便是那追索父系身世，自況為「政治不正確」的作者。

不過，跨過新世紀的第一個十年，台灣社會似乎也如同換了一個人間。當此際，新世代作家葷出且不以歷史興亡爲己任不說，新世代的讀者又將如何來領受一個色調斑駁的流亡故事呢？或者，其實一個好的作品，原本就具有多種詮釋的可能，不完全理解流亡的悲苦，何妨從其他的角度來閱讀《逆旅》？

於是就像《逆旅》的書名所昭告的：「逆旅」，除了指涉書中那個絕不擁有輝煌偉業的父親，欲尋找一處安頓之地而難得；身而爲人，誰又能完全掌握自己的運命，知道自己情感或精神的理想投宿地究竟何在？再換個角度看，「逆旅」，也不妨解爲逆記憶之流而溯源的旅程，郝譽翔因回憶家族史而寫就《逆旅》，而讀者何嘗不能在參差對照裡，重新開啓幽微隱蔽的記憶之洞，印證自我成長與家人、時代間同樣糾葛難明的關連，從而再次思想起「成人不自在」這樣類似的話語，然後再帶著某種程度已被自／字療的創傷，繼續下一段旅程。

以下，藉著重讀《逆旅》，期待這冊作家個人的代表之作，能夠引發更多迴響。這樣，我們在各自的生命旅程上，必然不會再感到過於孤單罷。

二、女兒的審父與戀父之書

雖說，《逆旅》最讓人印象深刻的題材，乃是自稱籍貫山東的郝譽翔所描述的外省族群身世。但，我認爲最能跨越時空，而依然能被新世代讀者先理解的，卻可能是有關作品中親情、家庭與成長經驗的描述。單親家庭的女兒，如何看待一個擁有流亡身世與眾多情人們的父親？自傳性的體例，已先帶給讀者某種窺視的快意。

甚且，身爲六年級生，九〇年代文壇具代表性的新世代作家（當然，現在已升格爲熟女作家），郝譽翔及其同輩的作者，如張惠菁、成英姝、駱以軍等，明顯受到西方翻譯文學的強烈影響（即便郝譽翔是中文系博士），乍看之下對很多事物都有鮮明的個人意見，敢寫而能寫，語言風格極其突出，但實際上面對歷史與現實問題的態度則不免於慵懶或狐疑。有人說這是「內向世代」的特點，但，毋寧說，更像是「懷疑世代」，往往流連於熱情與空想之間。在這方面，郝譽翔在《逆旅》中，藉描寫女兒與女性對父親、父權充滿「諷喻性」、「抵抗性」的情節，固然表達了她的某種反叛意志，骨子裡卻又透露出若有所失、無可如何的悵惘。

〈搖籃曲〉一文，便探問著：「父親究竟到哪裡去了？」，「父親從來不屬於我們，可是也不屬於別人，他是天生的浪遊者」。一方面調侃父親的「博愛」，一方面卻又期待父愛。終爾，會在某個片刻，把「遛鳥」的變態男誤認爲父親，也是因爲過於思念父親所致：「於是我刻意要去錯認父親的了，甚至帶著自虐的快意去渲染我的想像力，否則我無法理解他的生命到底與我有何干係……」然而，對這樣具有浪人性格的父親，女兒反而要爲唱起搖籃曲（顛倒了唱者與聽者的秩序），藉由文字來爲其描摹形象、安魂鎮魄，這就可以看出兼具反諷與悵惘的心情：

請來吧，請來到我的文字中安歇，不要再流浪了，請來到我的臂彎中尋覓憩息的地方，請安心的闔上眼睡吧。

諸如這樣既調侃又似乎理解的描寫，透露著作者複雜的親情態度。〈青春電梯〉裡，對父親奔波兩岸尋找愛的行徑，文中寫到：「從一個將近七十歲老人的口中聽到『愛』這個字眼，眞令我詫異」。而向女兒借錢要去中國娶新娘的父親，便恍如「趕著去購買他的愛情，一張通往青春生命的入場券。」

〈晚禱〉裡，則寫著：「我聞到鮮血的味道，從父親的牙齦噴濺開，他說我還不想死呀請救救我，黑色的肉蟲在鼻孔裡爬行，變黃的襯衫扭出一個潮濕的冬季，膝關節貼著大陸買來的膏藥，手裡握著過期的機票，在不甘心的鼠蹊當中卻挺躍出一具年輕的女體。」這哪裡有安息模樣，卻又是另一種形式的親情需要、祝禱。

更勁爆的文字，當然要屬〈情人們〉當中一段關於女兒墮胎情節的描寫。作者描寫手術檯上，父親舔舐陰部的畫面，詭異而近乎荒謬（台灣版「索多瑪一百二十日」？），卻又似乎反向地逼問著，當女兒墮胎時，身爲醫者的父親是否又在另一個情人懷裡？或正在幫某個女孩墮胎？

我從手術檯上爬起來，撫摸著父親的頭髮，他的頭髮如同嬰孩一般柔軟而金黃。碧綠色的血從我的陰道口流出來，他伸長舌頭舔著，柔軟的舌來回拂拭過我的陰唇。

既審父，又戀父，書中便如此充滿著兩種情感碰撞出來的文字火花。

三、尋找身世與命運解答之書

當然，閱讀《逆旅》絕不可能忽略外省第二代作家寫家族史，這樣的閱讀視角。不過，我們或許可以再加留意，這同時也是一部女性視角的家族史，一部涉及父親流亡與白色恐怖經驗的家族史，一部爲被遺忘的山東流亡學校之「澎湖冤案」留下史證的家族史。顯然，某種程度的審父與戀父的情緒依舊蔓延至此，郝譽翔亦悲憫父親及其同時代人的流亡之苦、受難之慘，但也不免要對這樣的身世投之以某種不安、費解的眼光。

值得一提的是，同樣在二〇〇〇年，駱以軍的《月球姓氏》也是一本以家族中父系、母系、妻系的家族故事做爲題材的長篇小說，這當然也是一個以「外省第二代」敘事者出發的文本，但目的不是用來「建構」歷史，反而是透過一再質疑小說中的族史敘述而達到「解構」歷史的效果。郝譽翔的處理同樣讓我們見識到，在台灣成長的二世，其實對族群命運仍懷有著複雜難解的情緒，這當然也和台灣特殊的社會氛圍有關，不惟特定族群使然。

開篇的〈取名〉、〈誕生，一九六九〉，這些文字，大抵說明了「郝譽翔」如何自己取名與不合時宜的誕生史，就中已透露出她藉由對自己命運定調，來理解成長中的一切非比尋常。

到了〈冬之旅〉系列小說，才算是對父親身世與流亡經驗的正面描寫，可說是比較具有敘史企圖的作品。像當中「回首」一則所講的：「當許多年過去以後，郝福禎最喜歡對人提起的，還是一九四八到四九，從青島流亡上海、杭州、湖南、廣州直到澎湖、台灣的那一年，一路由北入南，彷彿噴射煙火的嘉年華慶典……」雖則，文學作品總是對父親身世夾雜史實與想像的「創作」；但，何嘗不是如〈搖籃曲〉裡所試圖表達的，讓父親在文字中安歇，永在。這樣，可以稍稍彌補那一段跟父親並存的大歷史，也似乎緩解了浪子父親所帶來傷害感：

一九四九到底是怎樣的一年？他是否來自青島？而他到底怎麼到達台灣的？果然有張敏之校長這個人嗎？他的回憶竟在述說的過程中不斷的自我解構，虛設，朦朧搖擺於話語之中。

《逆旅》處理身世問題，但，除了父系過往，郝譽翔自己也同樣面對尋求生命答案的問題。爲何我是父親的女兒？爲何那片黃土地與我有關？因而，另一部分相關的描寫，當可注意到書中關於浪遊兩岸、行旅中國的部分。這些旅程，讓書裡的父親、女兒，徹底顯露他們探求生命解答的過程裡，大惑不解或終於放下的心路歷程。

如同〈島與島〉寫到第一次進入山東的感受：「這片貧乏的黃土地除此之外竟完全無法引起你的任何想像，於是你開始感覺到好餓好餓，彷彿呼吸時都氧氣不足……。」這似乎不再是鍾理和的原鄉夢，而是外省第二代的探親之旅，終於必須踏上那塊土地，尋求情感上的彌補或了斷。

在原書初版的「後記」裡，郝譽翔爲這本書的「本事」提供了說明，試圖再次印證父親是山東流亡學生與白色恐怖受難者的史實。而她之所以書寫，乃是不願意這段歷史被遺忘：

> 他們不但被畢生信仰的政權所放逐，又被台灣這塊島嶼所放逐，然後在本土論述越來越強勢的今天，歷史就預備這樣子悄悄地把他們遺忘了。

對此，我倒想起政黨再次輪替後，重新要修改中學課程綱要的大人先生們，當他們提高文言文比例、修改歷史教科書內容的同時，倒是可以去看看，他們又是否在意這些白色恐怖史？固非本土論述特別強勢使然。郝譽翔十年前寫作《逆旅》時，大概不會料想到台灣社會對於歷史記憶，也是這樣一種另類的「逆旅」，每個統治者都要去找回鞏固統治正當性的歷史，於是都在刻意的逆寫歷史、捏塑歷史。

我們該有更多像《逆旅》那樣充滿激情的家族史，但那並不是爲了重建君父的城邦，或營壘，而是多族群、多性／別、多階級的各種民間歷史敘事，甚至是個人的敘事。這將讓我們體認到，身爲一個台灣人，眞正必須謙卑面對歷史，但也必須包容多樣的歷史。

四、以待來茲：構築一座女性的城邦

我一直不想去界定這部作品的體裁，是小說集？或是小說加散文集？但依書寫的形態言，這些作品應寫於很不同的脈絡下，風格各異，恐非作者刻意結構的一部作品。然而，就如同把這部作品視爲自傳、半自傳或全然虛構，這都並非最要緊的問題，重要的是，郝譽翔藉由書寫讓我們看到了一個時代、世代，也看到個人如何面對親人與成長這件事。

因此，我覺得尚有一個《逆旅》中的閱讀關鍵，無法不提。

父親，當然是書裡的主角，女兒命運的發動者。但母親呢？我認爲，書裡對母親的描寫還稍嫌不足；甚且，還未必有足夠的同情。〈情人們〉這篇文章，用女兒與母親的對話，來討論父親的情人們，格外詼諧有趣：「我常懷疑母親可能不是一個女人，她是上帝的惡作劇，在女人的身體裡面錯置男人的靈魂。」而父親愛的可是女人啊！

不過，我當然也好奇，就像剛好也在二〇〇〇年出版《漫遊者》，另一位書寫外省父系史的朱天心，她的筆下鮮少看到台籍母系史的描摹。女性的城邦何在？又是何模樣？郝譽翔的台籍母親，將會被她如何描述？是書裡，那個聯合自己母親（外婆），一起故意講台語排擠外省父親那樣的人嗎？據聞郝譽翔剛剛擁有台灣女兒，未來她若續寫台灣母親，誠然值得期待。

二〇一〇・十・十三寫於紅毛（新豐）

國家圖書館出版品預行編目資料

逆旅 / 郝譽翔著. -- 二版. -- 臺北市 : 聯合文學, 2010.10

208面 ; 14.8x21公分. -- （聯合文叢 ; 500）

ISBN 978-957-522-901-6（平裝）

855　　99018875

聯合文叢 500

逆旅

作　　者／郝譽翔
發 行 人／張寶琴
總 編 輯／王聰威
叢書主編／羅珊珊
副 主 編／蔡佩錦
資深美編／戴榮芝
責任編輯／余淑宜
美術編輯／張薰方
校　　對／余淑宜　郝譽翔
法律顧問／理律法律事務所
陳長文律師、蔣大中律師
出 版 者／聯合文學出版社股份有限公司
地　　址／(110)臺北市基隆路一段178號10樓
電　　話／(02)27666759轉5107
傳　　真／(02)27567914
郵撥帳號／17623526 聯合文學出版社股份有限公司
登 記 證／行政院新聞局局版臺業字第6109號
網　　址／http://unitas.udngroup.com.tw
E-mail:unitas@udngroup.com
印 刷 廠／鴻霖印刷傳媒股份有限公司
總 經 銷／聯合發行股份有限公司
地　　址／(231)臺北縣新店市寶橋路235巷6弄6號2樓
電　　話／(02)29178022

出版日期／2000年3月　初版
2010年10月　二版
2010年10月20日　二版二刷
定　　價／280元

ISBN 978-957-522-901-6（平裝）